番犬

南　英男
Minami Hideo

文芸社文庫

目次

第一章　仮出所の夜

1

出所《しゅっしょ》の時刻が近い。

鳴海《なるみ》一行《いっこう》は口笛を吹きたいような気分だった。あと七、八分で、高く張り巡らされた塀《へい》の外に出られる。

笑みが零《こぼ》れそうだ。

鳴海は、府中刑務所の待合室のベンチに腰かけていた。ひとりではなかった。かたわらには、担当の刑務官が坐っている。

出獄者は、この部屋で出迎えの者を待つ決まりになっていた。しかし、鳴海には身柄の引受人はいなかった。

「身内の者は誰も来《こ》んのか？」

五十年配の刑務官が沈黙を突き破った。

「ええ」

「確かおまえには、おふくろさんと兄貴がいたと思うが……」

「いることはいます。ですが、家族にさんざん迷惑をかけてきましたんでね」

「いまさら身受人になってくれとは頼みにくいというわけか？」

「そうです」

「淋《さび》しい話だな」

「自業自得です」

鳴海は言いながら、目を伏せた。足許《あしもと》には、灰色のビニール製の手提《てさ》げ袋が置いてある。中身は主に衣類だった。

一年一カ月前に入所したとき以来、領置《りょうち》保管室で眠っていた私物だ。衣服の上には、服役中に木工作業で得た四万数千円の労賃の入った茶封筒が載っている。たいした厚みはない。

食費や被服費を税金で賄《まかな》われている受刑者だったとはいえ、一年一カ月の労働に対する報酬としてはあまりにも安すぎるのではないか。何か哀《かな》しかった。

逮捕されたときに所持していた金を併《あわ》せても、三十数万円しかない。

「娑婆《しゃば》に出たら、どうする気なんだ？」

刑務官が訊《き》いた。

「まだ考えてません」

「何か当てはあるのか?」

「それはありません」

鳴海は首を横に振った。

「そうか。満期で出所するわけじゃないんだから、無茶するなよ」

「わかってます」

「ま、心配ないだろう。おまえは模範囚だったからな」

「刑期が五カ月も短縮されたのは、担当さんのおかげです。ありがとうございました」

「なあに、わたしの力じゃない。鳴海の改心ぶりが評価されたのさ。傷害罪と発射罪のダブルで、こんなに早く仮釈《かりしゃく》になるケースは珍しい」

刑務官は幾分、誇らしげだった。

鳴海は一年二カ月前に都内で傷害事件を引き起こし、緊急逮捕された。所轄署に五日ほど留置され、東京拘置所に身柄を移された。それから三週間後に実刑判決が下《くだ》り、服役生活に入ったわけだ。

荒《すさ》んだ暮らしをしてきたが、刑務所にぶち込まれたのは初めてだった。

独居房《どっきょぼう》で過ごした数日間は、何も問題は起こらなかった。だが、雑居房《ざっきょぼう》は地獄だった。

同室の受刑者たちは先輩風を吹かして、新入りの鳴海をいびりつづけた。食事のときは、最後に箸《はし》を取らなければならなかった。

手洗いの掃除も押しつけられた。ボス格の男の肩も毎晩のように揉《も》まされた。

鳴海は繰り返される厭《いや》がらせに、ひたすら耐えた。

といっても、七人の同室者が怕《こわ》かったわけではない。鳴海は死んだ気になって時間を遣《や》り過ごし、一日も早く仮出所したかったのだ。耐えただけの甲斐《かい》はあった。

仮出所が決まった夜、鳴海は七人の同室者たちを密《ひそ》かに痛めつけた。どの相手にも、こめかみに強烈なパンチを浴びせた。それで、立場は逆転した。

その翌日から、七人の男たちは鳴海に媚《こ》びへつらうようになった。鳴海は同室者たちを下僕のように扱《こ》き使い、溜飲《りゅういん》を下げた。

「おまえにもう少し冷静さがあったら、世界チャンピオンにまで昇りつめてただろうな。惜《お》しいよ」

刑務官の声には、同情が含まれていた。

鳴海は曖昧《あいまい》に笑った。彼は二十五歳まで、ウェルター級のプロボクサーだった。サウスポーのハードパンチャーとして、大いに期待されていた。

しかし、思いがけないことでつまずくことになる。東洋タイトル戦で、対戦相手のチャンピオンを死なせてしまったのだ。単なる事故ではなかった。

鳴海はドクターストップがかかっても、攻撃の手を緩《ゆる》めなかった。

マットに頽《くずお》れたチャンピオンの朱《あけ》に染まった顔面を連打しつづけた。制止したレフエリーも殴り倒してしまった。すべて無意識の行動だった。

グローブを交《まじ》えるときは、いつも相手を殺す気でパンチを放ってきた。少しでもダメージを与えられると、つい逆上してしまう。闘争心が異常に膨《ふく》らみ、いつも殺意にすり替わる。

鳴海は、そうした悪い癖を何度も直そうと努力してみた。しかし、徒労に終わった。対戦相手にポイントを取られると、たちまち冷徹さと自制心は砕け散ってしまう。

鳴海は過去にも同じ反則を重ねていた。タイトル戦は無効となり、彼はプロボクシング界から永久追放されてしまった。

ショックだった。鳴海は少年時代から世界チャンピオンになることを夢見ながら、過酷なトレーニングに励んできた。

刑事罰を免れたことを喜ぶ前に、自分自身の手で夢を潰《つぶ》した愚かさが腹立たしかった。しばらく酒に溺《おぼ》れる日々がつづいた。

わずかな貯《たくわ》えが底をつくと、鳴海は板前の修業をはじめた。

だが、一年も保《も》たなかった。次にバーテンダーになった。やはり、単調な暮らしには馴染《なじ》めなかった。

鳴海は刺激に飢えていた。命を懸《か》けるような荒っぽい世界に身を投じたかった。

その思いは急激に募《つの》り、鳴海は歌舞伎町の一画を縄張りにしている二階堂組に入った。二十八歳のときだった。

鳴海は舎弟頭《しゃていがしら》を務《つと》めながら、組長の護衛に当たっていた。だが、組長は身内の若い組員に射殺されてしまった。

犯人は、鳴海が目をかけていた男だった。用心棒としてのプライドを傷つけられた鳴海は、自分の流儀で若い組員を裁《さば》いた。相手に殺意を懐《いだ》いていたが、なぜか葬《ほうむ》ることはできなかった。

鳴海は組を脱け、一匹狼のボディーガードとして全国をさすらった。雇い主は、弁護士、代議士、金融業者とさまざまだった。

鳴海は番犬にうってつけの容貌だ。

精悍《せいかん》な顔立ちで、彫りが深い。ぐっと迫《せ》り出した太い眉の下には、凄《すご》みをたたえた両眼がある。高く尖《とが》った鼻は、いかにも男臭い。

頰の肉が削《そ》げ、引き締まった唇は薄めだ。顔全体に、他人を竦《すく》ませるような威圧感が漲《みなぎ》っている。

体軀《たいく》も逞《たくま》しい。

身長百八十二センチで、体重は七十五キロだ。筋骨隆々としているが、シルエットはすっきりとしている。

着痩《きや》せするタイプだが、全身、肉瘤《にくこぶ》だらけだ。ことに肩と胸の筋肉が発達している。二の腕は、ハムの塊《かたまり》よりもはるかに太い。

「鳴海、そろそろ時間だ」

「はい」

「もう戻ってくるなよ。まだ三十歳なんだから、やり直しは利くはずだ。頑張れよな」

「ええ、頑張ります」

「達者でな」

「担当さんも、どうかお元気で！」

鳴海は手提げ袋を手にすると、勢いよく立ち上がった。およそ三カ月前から伸ばしはじめている頭髪は、それほど長くない。

鳴海は深緑《ふかみどり》のテンセルのジャケットに、下はオフホワイトのチノパンツという身なりだった。上着の下には、枯葉色の長袖シャツを着ている。スタンドカラーだ。

鳴海は刑務官と一緒に待合室を出た。

外は五月晴《さつき》れだった。空は青く澄んでいる。ちぎれ雲一つない。

「旅発《たびだ》ちにふさわしい天気じゃないか」

刑務官が呟《つぶや》き、門番の看守たちに目配せした。刑務所の通用門が開かれる。鉄製の扉《とびら》だ。

「おめでとう！」

「今度こそ、真面目にやれよ。ここは、人間の屑《くず》どもが来るとこだからな」

二人の門番が口々に言った。

鳴海は目礼し、笑顔を返した。担当の刑務官が促《うなが》した。

「行きなさい。おまえは、もう自由の身なんだ。行きたい所に行けばいい」

「はい。みなさん、お世話になりました」

鳴海は三人の刑務官に深々と頭を下げ、通用門を抜けた。

ちょうど午前十一時だった。背後で、鉄扉《てつぴ》が閉まる。

鳴海は息を大きく吸って、ゆっくりと吐き出した。心なしか、空気がうまい。

五月も半《なか》ばを過ぎていた。気温はだいぶ高かった。二十度は超えているだろう。

鳴海は小さく振り返った。

刑務官たちの姿は見えなかった。それぞれ自分の持ち場に戻ったのだろう。

——牢屋番《ろうやばん》どもが偉そうな口を利きやがって！

鳴海は舌打ちし、唾《つば》を吐いた。

大股で歩きだす。鳴海は車道を横切り、真っ先に煙草《たばこ》の自動販売機に歩み寄った。

舗道に手提げ袋を置き、労賃の入った茶封筒を抓《つま》み上げた。札と硬貨をそっくり取り出し、丸めた茶封筒を投げ捨てる。

鳴海は簡易ライター付きの両切りキャメルの五箱パックを買った。白いライターは、期間限定のサービス品だった。

鳴海は大急ぎでパッケージを破り、アメリカ煙草をくわえた。

服役前はヘビースモーカーだったが、隠れ煙草は吹かさなかった。囚人仲間が刑務官を買収して手に入れた煙草を幾度か回してくれたが、一度も喫《す》わなかった。罠《わな》かもしれないと考えたからだ。刑務官の中には受刑者を手懐《てなず》け、スパイに仕立てる者がいる。うっかり誘いに乗ったら、刑期を延ばされてしまう。

現に点数稼ぎの刑務官の奸計《かんけい》に嵌《は》まった受刑者は、ひとりや二人ではない。彼らはこっそり渡された煙草を半分も喫わないうちに、叱声《しっせい》を受けることになる。

刑務官たちの悪口も雑居房の中では不用意に喋《しゃべ》れない。受刑者の中に、必ず刑務官に密告する者が混じっているからだ。密告者たちは、見返りに煙草やポルノ写真を得ている。

鳴海は両切りのキャメルに火を点け、深く喫いつけた。

次の瞬間、めまいを覚えた。すぐに至福感に包まれた。

思わず鳴海は声を洩《も》らした。これほど煙草はうまかったのか。

やはり、娑婆は極楽だ。

鳴海はせっかちに煙草を喫《す》いつけた。

一本では物足りなかった。自動販売機の前に突っ立ち、たてつづけに三本喫《す》う。それで、ようやく気持ちが落ち着いた。

さて、これからどうするか。

鳴海はビニールの手提げ袋を摑《つか》み上げた。

そのとき、首筋のあたりに他人の視線を感じた。刺すような視線だった。

鳴海は本能的に危険が迫っていることを感じ取り、すぐさま首を巡らせた。

二十メートルほど離れた場所に、見覚えのある男がたたずんでいた。一年二カ月前に鳴海が半殺しの目に遭《あ》わせた暴力団の組員だ。

剃髪頭《スキンヘッド》で、口髭《くちひげ》を生やしている。老《ふ》けて見えるが、まだ二十八、九歳だ。菊岡《きくおか》という名だった。

――仕返しに来たらしいな。上等じゃねえか。

鳴海は菊岡を睨《にら》みながら、敢然と歩《ほ》を進めた。

菊岡は飴色《あめいろ》のステッキで体を支えている。一年二カ月前、鳴海は老興行師の用心棒を務めていた。七十八歳の老興行師は元博徒で、演芸や歌謡ショーの興行を手がけている。

その当時、雇い主は異種格闘技試合をプロモートしている若手の興行師と会場の体育館の使用権を巡って揉めていた。顔を潰された若いプロモーターが、菊岡を刺客として放ったのだ。

菊岡は至近距離から、いきなり発砲した。老興行師は片腕を撃たれて、横に転がった。

鳴海はすぐに菊岡に組みつき、トカレフを奪い取った。

菊岡は狼狽《ろうばい》し、逃げようとした。鳴海は菊岡の顔面にストレートパンチを見舞った。菊岡は身を大きくのけ反《ぞ》らせ、仰向《あおむ》けに引っくり返った。

鳴海は走り寄り、無言で菊岡の右膝を撃ち砕いた。それから彼は菊岡を蹴りまくり、さらに顔面と腹部に無数のパンチを叩き込んだ。

菊岡の前歯は何本も折れ、内臓も破裂した。鳴海は少しも手加減しなかった。菊岡は血反吐《ちへど》を撒《ま》き散らしながら、怯えた表情で命乞いした。

鳴海は冷笑し、トカレフの引き金に指を深く巻きつけた。

ちょうどそのとき、老興行師が掌《てのひら》で銃口を塞《ふさ》いだ。押し問答していると、数人の警察官が駆けつけた。そうして鳴海は手錠を打たれる羽目になったわけだ。

菊岡が黒っぽい上着のボタンを外した。

ほとんど同時に、腰の後ろから消音器を嚙ませた自動拳銃を引き抜いた。

シグ・ザウエルP220だった。スイスのシグ社とドイツのザウエル社が共同開発した拳銃である。

フレームはアルミ合金で、閉鎖機構《へいさきこう》の安全度は高い。万が一、拳銃を落としても絶対に暴発することはない。引き金《トリガー》を絞らない限り、ファイリング・ピンは作動しない造りになっている。四十五口径で、弾倉《マガジン》の装弾数は七発だ。予《あらかじ》め初弾を薬室《チェンバー》に送り込んでおけば、フルで八発は撃てる。

かつて暴力団に属していた鳴海は、割に銃器に精《くわ》しい。実射経験も豊かだった。

菊岡がステッキを左手に持ち替え、右腕を前に突き出した。立ち撃ち《スタンディング・ポジション》の姿勢だ。

サイレンサーの先端は静止していない。不安定に小さく揺れている。

鳴海は怯《ひる》まなかった。

まっすぐ突き進む。菊岡が片目をつぶって、狙いを定めた。

間合いが十数メートルに縮まったとき、銃口炎《マズル・フラッシュ》が瞬《またた》いた。発射音は聞こえなかった。

鳴海は横に動いた。

ダンスのステップを踏むような歩捌《ほさば》きだった。放たれた九ミリ弾は、鳴海の腰の横を駆け抜けていった。衝撃波で、上着の裾《すそ》が少し捲《めく》れた。

菊岡が忌々《いまいま》しげな顔つきで、連射しはじめた。前歯は欠けたままだった。

鳴海はビニールの手提げ袋を胸に抱え、近くの印章店の軒下に逃げ込んだ。

銃弾が店の袖看板を掠《かす》める。跳弾はガードレールに当たった。

弾切れになったら、すぐに飛び出そう。

鳴海は胸底《きょうてい》で呟《つぶや》いた。

そのとき、急に菊岡が身を翻《ひるがえ》した。真っ昼間に、もうこれ以上は発砲できないと思ったのだろう。

鳴海は舗道に躍《おど》り出た。

充分に助走をつけてから、高く跳《と》ぶ。飛び蹴りは、菊岡の背中に決まった。

菊岡は前のめりに倒れた。ステッキは手から離さなかった。

「こんな時刻に拳銃《チャカ》ぶっ放すとは、いい度胸してるじゃねえか」

「うるせえ！　てめえのせいで、おれは半端者になっちまった」

「殺し屋《ヒットマン》じゃ、飯喰《めしく》えなくなったらしいな」

「昔の借りは、きっちり返すぜ」

「まだ懲《こ》りねえのか」

「きょうこそ、決着《オトシマエ》をつけてやらあ」

「失《う》せろ！　てめえを始末するのは簡単だが、きょうのところは見逃してやる。刑務所《ムショ》に逆戻りしたくねえからな」

鳴海は言い放った。

菊岡が倒れたまま、ステッキに両手を掛けた。ステッキの握りの部分が浮き、青みがかった刀身がわずかに覗《のぞ》いた。

——仕込み杖《づえ》だったのか。時代がかったことをやりやがる。

鳴海は口の端を歪《ゆが》め、菊岡の側頭部を思うさま蹴った。

靴の先が弾んだ。相手の骨が鈍く鳴った。

菊岡は動物じみた声をあげ、転げ回りはじめた。四肢《しし》は縮こまっている。

「今度は殺《や》っちまうぞ。そいつを忘れるなっ」

鳴海は言い捨て、駆け足で菊岡から遠ざかった。

沿道には、いつしか野次馬が群れていた。鳴海は最初の交差点を左に曲がり、全力疾走した。数百メートル先で、走ることをやめた。

そのすぐ後、車道でホーンが短く響いた。パトカーが追ってきたのか。

鳴海はぎくりとし、振り返った。すると、旧型の青いメルセデス・ベンツがすぐ近くに停まった。

鳴海は身構えながら、ベンツの車内を窺《うかが》った。

後部座席には、老興行師の花田勝将《はなだかつまさ》の姿があった。七十八歳の花田は、地味な色のスリーピースに痩《や》せた体を包み込んでいる。角刈りの頭は総白髪だ。

花田がお抱え運転手らしい男に何か言い、すぐにベンツから降りてきた。

「鳴海、ご苦労さんだったな。おれのために、おまえに臭い飯を喰わせることになってしまった。済まなかったな。勘弁してくれ」

「何をおっしゃるんです。おれのほうこそ社長をガードしきれなくて、申し訳ありませんでした。その後、撃《ハジ》かれた腕の具合はどうです？」

「もう元通りになってるよ。筋肉が引き攣《つ》れるようなこともない」

「それを聞いて、少しは気持ちが楽になりました。ところで、おれの仮釈のことは誰から聞いたんです？」

鳴海は問いかけた。

「きのう、担当刑務官の水越《みずこし》さんから電話があったんだ」

「そうだったんですか」

「水越刑務官は高校時代にボクシングをやってたらしい。それで、おまえのことを何かと気にかけてくれてたんだよ」

「それは知りませんでした」

「で、おまえを出迎えてやろうと思ったんだが、運悪く渋滞に巻き込まれてしまってな。それで、到着が遅れてしまったんだ」

「それは幸運でした。菊岡の野郎が待ち伏せしてやがったんです」

「なんだって⁉　それで、どうなったんだ？」

花田が訊いた。鳴海は経過を手短に話した。

「しつこい奴だな。しかし、無傷で何よりだ。ところで、またボディーガードの仕事を引き受けてくれるだろう？　おまえに迷惑かけたから、月に三百万は払ってやらんとな」

「花田社長、せっかくですが、その話は受けられません」

「どうして？」

「おれは用心棒でありながら、社長をガードしきれなかったんです。ボディーガード失格ですよ」

「そんなことはない。おまえは命懸けで、おれを護《まも》り抜いてくれた。優秀なボディーガードだよ。頼むから、おれんとこに戻ってくれ。この通りだ」

老興行師が頭を垂れた。

「社長のお気持ちは嬉しく思います。しかし、おれの判断ミスは致命的です。プロの番犬としては、消せない恥です」

「そんなふうに堅苦しく考えることはないだろうが。おれが鳴海に身辺のガードを頼みたいと言ってるんだ。黙って一緒に車に乗ってくれ」

「ご厚意はありがたいんですが、いますぐ社長の世話になるわけにはいきません。おれにも、それなりの誇りってやつがありますからね」

「無器用だな、生き方が。もっとも、それがおまえのいいとこだがな。それで、これからどうするつもりなんだ？」

「時間はたっぷりとあります。この際《さい》、じっくり考えてみます」

「それじゃ、少し銭《ぜに》を回してやろう」

「社長、そういうお気遣《きづか》いは無用です」

鳴海は、懐《ふところ》から分厚い札入れを取り出した花田に慌《あわ》てて言った。

「刑務所《ムショ》で稼いだ金だけじゃ、半月も暮らせせんだろう？」

「何とかなりますよ。どうぞ札入れは仕舞《しま》ってください」

「欲のない男だ。何か困ったことがあったら、いつでも訪ねてきてくれ」

「ありがとうございます」

「それにしても、おれの命奪《タマと》ろうとした菊岡の奴がおまえより早く出所してたとは驚きだ。野郎のクライアントが腕のいい弁護士をつけてやったらしいな」

「多分、そうなんでしょう。社長、例の若手プロモーターとはどうなったんです？」

「関東一の大親分が間に入ってくれたんで、一応、手打ちになったんだ。しかし、こっちが老いぼれになったからか、最近は若い興行師どもがあっちこっちでのさばってるよ。あまり長生きするもんじゃねえな」

花田は哀しげに笑い、ベンツの後部座席に乗り込んだ。旧型のドイツ車は、じきに走り去った。

新宿あたりで、腹ごしらえするか。

鳴海はタクシーの空車を目で探しはじめた。

2

満腹だった。

げっぷが出そうだ。デザートの洋梨のシャーベットを横に退《の》ける。

鳴海はナプキンで口許を軽く拭《ぬぐ》い、両切りのキャメルに火を点けた。

西武新宿駅に隣接しているシティホテル内の高級レストランの一隅だ。

鳴海はサーロインステーキと伊勢海老のクリーム煮を平らげ、ロールパンを五つも食べた。むろん、前菜のサラダやポタージュスープも胃袋に収めていた。

テーブル席は、半分ほど埋まっている。

ホテルの宿泊客が多いようだ。着飾った男女が目立つ。

鳴海はゆったりと紫煙をくゆらせた。

まだ午後一時前だった。どこかでバーボン・ロックを傾けるには早過ぎる。

——ちょいと街をぶらついてみるか。

鳴海は一服し終えると、腰を浮かせた。

勘定は思っていたよりも安かった。ホテルを出ると、すぐに裏通りに入った。地球会館と東亜会館の前を通過し、一番街通りに出た。

昼間だというのに、思いのほか人通りが多い。

鳴海は新宿コマ劇場跡地の脇を抜け、さくら通りに回った。通りに面した風俗店や個室ビデオの店は、早くも営業中だった。歌舞伎町一丁目には、早朝割引を売りものにしているソープランドや人妻昼サロも何軒かある。

――この街に来りゃ、たいていの欲望は充《み》たしてくれる。だから、大勢の人間が集まるんだろうな。

鳴海は花道通りまで歩き、あずま通りに足を踏み入れた。

深夜スーパー『エニイ』に差しかかったとき、店内から旧知の情報屋が走り出てきた。

麦倉尚人《むぎくらなおと》という名で、三十七歳だ。元検察事務官である。麦倉はギャンブルと女で身を持ち崩し、裏社会や警察の情報を切り売りして糊口《ここう》を凌《しの》いでいた。

「鳴《なる》やんじゃないか」

麦倉が懐かしそうに言い、駆け寄ってきた。スーパーのビニール袋を手にしている。中肉中背で、堅気の勤め人にしか見えない。

「麦《むぎ》さん、まだ新宿《ジュク》にいたのか」

「おれは、この街でしか生きられないからね」

「稼ぎのいい女を見つけて、ヒモに転向したのかい？」

「なら、いいんだけどさ。相変わらず、侘《わび》しい独り暮らしだよ。いつ仮釈になったの？」

「きょうだよ」

「なら、出所祝いをやんなきゃな。鳴やん、おれの部屋に来ない？　二人で祝杯をあげようや」

「そうするか」

二人は肩を並べて歩きだした。

麦倉は、職安通りの少し手前にある賃貸マンションを塒《ねぐら》にしている。間取りは1LDKだ。鳴海は何度か麦倉の部屋を訪ねたことがある。

五分ほど歩くと、六階建ての肌色のマンションに着いた。麦倉の部屋は五〇五号室だった。

鳴海は居間に通された。麦倉が冷えた缶ビールと数種の肴《さかな》を用意した。

二人は向かい合うと、アルミ缶を軽く触《ふ》れ合わせた。

居間の向こうの寝室のドアは開け放されている。ダブルベッドと女物の衣服が目に留《と》まった。

「麦さん、何が侘しい独り暮らしだよ。一緒に暮らしてる女がいるんじゃねえか」

「五カ月前までは、確かに女と一緒だったよ。けど、その女、客のトラック運転手とどこかに消えちまったんだ。彼女、風俗関係の店で働いてたんだよ」

「ふうん。麦さん、その彼女に本気で惚《ほ》れてたみてえだな」

「えっ、どうしてわかるんだい？」

「女に逃げられたら、普通は衣類なんか処分しちまうもんだ」

「なるほど、それでわかったのか。逃げた女には、正直言って、多少の未練があるんだ。だから、なかなか処分できなくてさ」

「そのうち、ひょっこり戻ってくるかもしれないぜ」

「心のどこかでそれを期待してるんだけど、無理だろうね。おれは自分でも呆《あき》れるほど実にいい加減に生きてるから」

「こっちも似たようなもんさ。それはそうと、相変わらずチャイニーズ・マフィアやイラン人たちがのさばってるのかい？」

鳴海は話題を変えた。

「ああ。ことに上海《シャンハイ》グループの勢力がでかくなったよ。北京《ペキン》や福建省出身の連中は、いずれ取り込まれることになるだろう」

「イラン人やコロンビア人グループは？」

「どっちも数はそう増えてないけど、だんだん凶暴化してきたね。大久保通りに立ってるコロンビア人街娼たちはイラン人の男を用心棒《ケツモチ》にして、日本のやくざに場所代《ショバ》を出し渋るようになってるんだ。それから、コロンビアのカルテル絡《がら》みの連中は、混ぜ物の多いコカインを純度九十九パーセントと称して、べらぼうな値段で卸してるみたいだぜ」

「それじゃ、奴らと日本の組関係とのトラブルも増えてんだろうな？」

「ああ、増えたね。けど、こっちのやくざは暴対法で抑《おさ》えつけられてるから、じっと我慢してる状態だよ。警視庁と新宿署が合同で外国人マフィア狩りをやってるけど、検挙《アゲ》てるのは雑魚《ざこ》ばかりだ」

「だろうな」

「いまに歌舞伎町は、チャイニーズ・マフィアどもに牛耳《ぎゅうじ》られるようになるんじゃないかね。奴らは捨て身で生きてるから、警察もやくざも恐れてない。中国賭博の店がびっくりするほど増えたから、鳴やんがいた二階堂組も遣り繰り《シノギ》が楽じゃないと思うぜ」

麦倉がそう言い、ビールで喉を潤《うるお》した。

「新組長の森内《もりうち》は武闘派で鳴らした男だが、金儲けは下手だからな。いま、二階堂組の組員は何人いるんだい？」

「五十人を切ってるはずだよ。鳴やんが足《ゲソ》つけてたころは、三百人近くいたのにな」

「博徒系の組は、十年後にはどこも解散に追い込まれてるだろう」

「かもしれないな。鳴やん、二階堂組に戻る気はないの？」

「いったん組を脱けたんだ。それに、昔、代貸《だいがし》やってた森内とは反《そ》りが合わなかったんだよ。だから、組に戻る気はさらさらないね」

「それじゃ、花田って興行師のガードをまた……」

「花田の旦那に戻ってこいって言われたんだが、断っちまったんだ。月に三百万くれるって話だったんだが」

「鳴やん、そんなおいしい話はめったに転がってないぜ。なんで引き受けなかったんだよ？　もったいないなあ」

「おれのガードが甘かったせいで、旦那は片腕を撃《う》たれちまったんだ。そんな借りがあるのに、また雇ってもらうわけにはいかねえよ」

「けど、花田氏は鳴やんを咎《とが》めなかったわけだろう？」

「ああ、ひと言も咎めなかった」

「だったら、黙って用心棒の仕事を引き受ければよかったじゃないか」

「そうはいかねえんだ。うまく説明できねえけど、プロの番犬として甘えたくないんだよ」

鳴海は言って、煙草をくわえた。

「男の美学ってやつか」

「そんな洒落《しゃれ》たもんじゃない。ただのけじめさ」

「どっちにしても、鳴やんは損な性分《しょうぶん》だな。おれが鳴やんなら、二つ返事で引き受けるがね」

「麦さん、どっかに番犬を必要としてる金持ちはいねえかい？　月に百五十出してくれりゃ、どんな悪党のガードだって引き受けるよ」

「まだ景気が回復してないから、すぐに紹介できるようなリッチマンはいないな。けど、心がけておくよ」

「頼むぜ。話は違うが、どっかに色気のある女はいねえかな？　ずっと女っ気なしだったんで、まだ外は明るいんだが……」

「おれの知り合いが高級デリヘルをやってる」

「そいつ、男稼業を張ってる奴かい？」

「いや、素っ堅気だよ。コンピューター・ソフト関係の事業に失敗して、しゃかりきになって借金を返してるんだ。そいつに電話してみよう」

　麦倉がソファから立ち上がり、電話機のある寝室に入った。すぐにドアが閉ざされた。

　鳴海は短くなった煙草の火を消し、飲みかけの缶ビールを口に運んだ。待つほどもなく麦倉が居間に戻ってきた。

「鳴やん、ツイてるな。ナンバーワンの女の子の予約がキャンセルされたらしいんだよ」

「そいつはラッキーだ」

「区役所通りのローズホテル、知ってるよな？」

「ああ。風林会館の並びにあるホテルだろ？」

「そう。すぐにローズホテルに部屋を取って、デリヘルに電話してくれってさ。部屋番号を教えてくれたら、十五分以内に女の子を行かせるそうだ」

「で、デリヘルの電話番号は？」

鳴海は問いかけた。

麦倉が紙切れを差し出した。それには、デリヘルの電話番号がメモされていた。

「麦さん、また会おう」

鳴海はメモを上着の胸ポケットに入れ、ソファから立ち上がった。情報屋の自宅マンションを出て、目的のホテルに向かう。

わずか数百メートルしか離れていない。ローズホテルは一応、シティホテルということになっている。しかし、実際には情事に使われることが多い。

鳴海も組員時代に、何人かの女たちと泊まったことがある。ラブホテルのように、けばけばしくはない。

じきにホテルに着いた。

鳴海は三階のダブルの部屋を取った。宿泊者カードに記帳は求められなかった。保証金を払い、部屋の鍵を貰う。

部屋に入り、さっそくデリヘルに電話をかけた。受話器を取ったのは、中年の男だった。

「麦さんの紹介なんだが……」

「お電話をお待ちしておりました。もうローズホテルに入られたんですね？」

「ああ。部屋は三〇三号室だ」

「わかりました。十分後に理香《りか》という娘《こ》が伺《うかが》います。うちのナンバーワンなんですよ。容姿もベッド・テクニックもAランクです」

「そいつは楽しみだ」

「二時間コースになさいますか？　それとも、三時間コースに？」

「三時間は娯《たの》しみてえな」

「承知しました。それでは理香ちゃんが着きましたら、先に六万円お渡しください」

「わかった」

鳴海は電話を切り、ベッドに仰向けに横たわった。

女の裸身を想像しただけで、下腹部が熱を孕《はら》みはじめた。服役中、最も苦しめられたのは狂おしいほどの性欲だった。

同じ雑居房にいた男たちは性衝動《リビドー》に駆られるたびに、人目も憚《はばか》らずにマスターベーションに耽《ふけ》った。しかし、鳴海は彼らと同じことはできなかった。

その結果、夢精でトランクスを汚すことも度々《たびたび》だった。木工作業中も、しばしば無性《むしょう》に女を抱きたくなった。半日近く頭に女体を思い描いたこともある。

ふと仰ぎ見た雲が乳房や尻に見えたこともあった。

寝た女たちの性器を脳裏に蘇《よみがえ》らせたことは、それこそ数えきれない。ただ、残念なことに、どの女の局部も鮮明には思い出せなかった。

そのくせ、飾り毛の濃淡は鮮やかに記憶していた。極《きわ》みに達したときの女たちの表情もはっきりと思い出せた。

淫《みだ》らな想像を拡《ひろ》げていると、ドアが控え目にノックされた。デリヘル嬢だろう。

鳴海は跳《は》ね起き、ベッドから離れた。

部屋のドアを開けると、セクシーな美女が立っていた。細面《ほそおもて》で、しっとりとした色香を漂わせている。二十五、六歳だった。

「理香です」

「待ってたよ。入ってくれ」

鳴海は理香を請《しょう》じ入れ、まず六枚の一万円札を渡した。理香は礼を言い、紙幣をブランド物のバッグに仕舞《しま》った。

「お客さん、シャワーはどうされます?」

「時間が惜しいな。早くあんたを抱きてえ気分なんだ」

「それじゃ、ベッドで待ってて」

「オーケー」

鳴海は手早く衣服を脱ぎ、素っ裸でベッドに寝そべった。

理香が後ろ向きになり、着ている物を素早く脱ぐ。裸身は神々《こうごう》しいまでに白い。肌理《きめ》も濃《こま》やかだった。

ウエストのくびれが深く、腰の曲線が美しい。ヒップの形も悪くなかった。

「早くこっちに来てくれ」

鳴海は急《せ》かした。

理香が短く返事をし、ベッドに向き直る。

乳房は砲弾型だった。なだらかな下腹を飾る和毛《にこげ》は、逆三角に繋っていた。ほどよい量だ。むっちりとした腿《もも》が男の欲望をそそる。

「それでは、お世話させてもらいます」

理香はそう言い、ダブルベッドに這《は》い上がった。

すぐに鳴海の股の間にうずくまった。早くも鳴海の欲望は昂《たか》まっていた。理香が鳴海を浅く含み、根元を断続的に握り込む。

鳴海は一段と猛《たけ》った。

理香が胡桃《くるみ》に似た部分を優しく揉《も》み立てながら、舌を閃《ひらめ》かせはじめた。舌技には変化があった。

鳴海は舐《な》められ、弾《はじ》かれ、包み込まれた。吸いつけ方にも、強弱が感じられた。

ひと通りのテクニックを披露すると、理香は亀頭にねっとりと舌を巻きつけてきた。と思ったら、次の瞬間には尖《とが》らせた舌で張り出した部分を削《そ》いだ。

さらに数秒後には、鈴口を掃《は》くように舐める。舌の先でつつきもした。

このまま口唇愛撫を受けていたら、じきに爆《は》ぜそうだ。

「おれに恥をかかせねえでくれ」

鳴海は堪《たま》らなくなって、理香に声をかけた。理香が顔を上げた。

「どういう意味なの？」

「感じすぎて、発射しそうなんだ」

「それじゃ、合体しましょうか」

「その前に、女の大事なとこをたっぷり拝ませてくれ。一年以上も見てねえんだ」

「嘘ばっかり！」

「ほんとだよ」

鳴海は上体を起こし、理香を仰向けに寝かせた。両脚を大きく割り、赤い輝きを放つ部分に目をやる。

珊瑚色《さんごいろ》の合わせ目は、笹舟の形に綻《ほころ》んでいた。双葉を連想させる肉片は、いくらか肥厚《ひこう》している。ペニスをしゃぶっているうちに、彼女自身も官能を煽《あお》られたのだろう。そうにちがいない。

敏感な芽は、包皮から顔を出していた。複雑に折り重なった鴇色《ときいろ》の襞《ひだ》も、うっすらと濡れている。

鳴海は理香の秘部に顔を埋めた。

理香が驚きの声をあげた。だが、拒《こば》む様子はない。鳴海は舌を乱舞させはじめた。愛らしい突起を打ち震わせ、二枚のフリルを同時に吸いつける。さらに襞の奥にも舌の先を潜《もぐ》らせた。

五分も経《た》たないうちに、理香は極みに駆け昇った。

短く唸《うな》り、肉感的な裸身を甘く震わせた。

鳴海は上体を起こし、片手で理香の乳房を交互にまさぐった。指の間に挟んだ乳首は硬く痼《しこ》っていた。

もう一方の手で、はざまを慈《いつく》しむ。人差し指と中指で天井部分のGスポットを刺激し、親指の腹で張り詰めた陰核《クリトリス》を圧《お》し転がしつづけた。

理香は顔を左右に打ち振りながら、啜《すす》り泣くような声を切れ切れに洩らしはじめた。それから間もなく、彼女は二度目の高波に呑《の》まれた。

「割増料金を払うから、ナマでやらせてくれ」

鳴海は二本の指を引き抜くと、理香の上にのしかかった。

「大丈夫よ、ナマでも。いまは安全期なの。お客さん、もっと気持ちよくさせて」

理香が上擦《うわず》った声で言い、進んで両膝を立てた。

鳴海は体を繋《つな》いだ。生温かい襞がまとわりついてきた。内奥《ないおう》の緊縮も、もろに伝わってくる。快感のビートは規則正しかった。

「ああっ、いっぱいだわ。隙間《すきま》がない感じよ。思いきり突いて！」

理香が激しく腰をくねらせはじめた。

第一ラウンドは、すぐ終わりそうだった。

鳴海は、理香とリズムを合わせた。そのままワイルドに腰を躍動させはじめた。

3

揺り起こされた。

鳴海は瞼《まぶた》を開けた。いつの間にか、まどろんでいたらしい。

「すみませんけど、追加料金をいただきたいんです」

理香が言いにくそうに切り出した。すでに彼女は身繕《みづくろ》いを終え、化粧もしていた。

「悪い！　おれ、眠っちまったんだな」

「疲れたんでしょ、六時間弱で五回もしたから」

「ああ、ちょっとな」

鳴海はベッドを滑り降り、コンパクトなソファセットに歩み寄った。生まれたままの姿だった。五度目の射精をした後、そのまま寝入ってしまったのだ。

「わたしもいい気持ちにさせてもらったから、延長料金は貰《もら》いにくいんだけど」

「追加料金を払うのは当然さ。六万渡せばいいんだな？」

「ええ。ごめんなさいね」

理香が申し訳なさそうに言った。

鳴海は顔の前で手を左右に振り、上着のポケットから六枚の一万円札を取り出した。

理香が延長料金をバッグに収め、鳴海の顔をまっすぐ見つめた。

「あなたと過ごした一刻《ひととき》は、多分、死ぬまで忘れないと思うわ。あんなに本気で燃えたのは、初めてよ」

「きっとセックスの相性《あいしょう》がいいのさ、おれたちは」

「そうなんでしょうね」

「野暮なことを訊くが、なぜデリヘルの仕事をしてるんだい？　性質《たち》の悪い男に引っかかっちまったのか？」

「ううん、そうじゃないの。カード破産しそうになったんで、こういう仕事をするようになったんです。わたし、買物依存症だったの」

「そうか。カードでいろんな物を買い漁《あさ》ってるうちに、支払い不能になっちまったんだな？」

「ええ。最初はサラ金で借りたお金を信販会社に回してたんだけど、すぐに利払いもできなくなってしまって」

「借金は、どのくらい残ってるんだ？」

「一千万円ちょっとです」

「若い女にとっては、重い負担だな。いっそ自己破産の手続きを取ったほうがいい。それで、債務はチャラにしてもらえるからな」

　鳴海は知恵を授《さず》けた。

「でも、自己破産したら、選挙権を失うんでしょ？」

「そいつは誤解だよ。選挙権はなくならないんだ。ただ、五年間は金融機関から借り入れはできないがな。もちろん、債権者があんたの身内のとこに押しかけることもない」

「そうなんですか。わたし、知らなかったわ」

「手続きは三、四万でできるはずだ。一度、弁護士に相談してみるんだな」

「ええ、そうするわ。お客さん、善《い》い人なんですね」

「よせやい。おれは悪党さ。現に、きょう、刑務所から出てきたばかりなんだ」

「ほんとに⁉」

「ああ」

「その話が事実だとしても、お客さんは悪人じゃないわ。善人も善人よ」

「そんな甘っちょろいことを言ってると、渡した十二万を取り返して、あんたの首をへし折っちまうぜ」

「嘘でしょ⁉ 嘘よね？」

理香が不安顔で後ずさりした。

鳴海は、からかい半分に両眼に凄みを溜めた。すると、理香は慌《あわ》てて部屋から飛び出していった。

鳴海は笑いながら、浴室に足を向けた。

熱めのシャワーを浴び、全身を洗った。浴室を出ると、鳴海は衣服をまといはじめた。室内には、腥《なまぐさ》い臭《にお》いが充満している。濃厚な情事の名残《なごり》だった。

所持金は、まだ二十万ほどある。どこかで一杯飲《や》ることにした。

鳴海は手提げ袋を持ち、ほどなく部屋を出た。

一階のフロントで精算をしていると、誰かに肩を叩かれた。鳴海は体を反転させた。

二階堂組の若い構成員が立っていた。

「よう、平井《ひらい》じゃねえか」

「お久しぶりです」

「おめえも、このホテルで女とお娯《たの》しみだったのか？」

「いえ、違います。おれ、昼間、このホテルの前で鳴海さんを見かけたんですよ。そのことを組長《オヤジ》に話したら、ぜひ鳴海さんに会いたいって言いだしたんです。で、おれ、二時間ぐらい前からロビーで待ってたんですよ」

「部屋に来りゃよかったじゃねえか」

「でも、女と一緒だったみたいだから、遠慮したわけです。森内の組長《オヤジ》は、この近くの小料理屋にいます」

「そういうことなら、挨拶ぐらいしておくか」

「ご案内します」

「頼まあ」

鳴海は平井の後《あと》に従った。

導かれた小料理屋は、花道通りの近くにあった。二階堂組の新組長は、奥の小上《こあ》がりで冷酒を傾けていた。
三十一、二歳の女将《おかみ》は色っぽかった。森内の世話になっているのだろう。
「鳴海、こっちに来てくれ」

森内鎮夫《しずお》がにこやかに言って、大きく手招きした。二階堂組の新組長は、ちょうど五十歳だ。がっしりとした体型で、骨太だった。

店に森内以外の客はいない。平井はすぐに消えた。

「ご無沙汰してます」

鳴海は型通《かたどお》りの挨拶をして、森内と向かい合った。森内が妖艶《ようえん》な女将に、冷酒用のグラスと箸を持ってこさせた。

座卓には、平目《ひらめ》や鯒《こち》の刺身が並んでいる。女将と初老の板前が心得顔で、奥に引っ込んだ。

「いつ仮釈になったんだ？　おまえの踏んだ犯行《ヤマ》は新聞で読んだよ」

「そうですか。実は、きょうの昼前に府中を……」

「そうだったのか。ま、一杯いこう」

森内が冷酒の入ったガラスの容器を持ち上げた。鳴海は両手で酌《しゃく》を受けた。

「実はな、鳴海に助《ス》けてもらいてえことがあるんだ」

「何があったんです？」

「上海《シャンハイ》マフィアどもが組の商売の邪魔をしてやがるんだ」

森内が苦々しげに言った。

「上海の連中が二階堂組の賭場《とば》に出入りしはじめてるんですか？」

「いや、そうじゃねえ。奴らは、うちの客たちをてめえらの賭場に誘い込んで、テラ銭をがっぽり稼いでやがるんだよ。このままじゃ、二階堂組は上納金も払えなくなりそうなんだ」

「で、おれに何をしろと？」

鳴海は冷酒を半分ほど呷《あお》り、単刀直入に訊いた。

「上海マフィアが仕切ってる賭場は歌舞伎町、大久保、百人町に全部で十三カ所あるんだ。いずれもマンションの一室なんだが、その場所は詳しく調べ上げてある」

「それで？」

「鳴海、おまえ、客に化けて、奴らの賭場に花火を投げ込んでくれねえか？　ダイナマイトと手榴弾《パイナップル》は、たっぷり用意した。謝礼の一千万は現金《キャッシュ》で渡すよ。出所したばかりじゃ、銭が欲しいよな？」

森内が探《さぐ》るような眼差《まなざ》しを向けてきた。

「銭は欲しいですね。しかし、もうおれは足を洗った人間です。それに、会ったこともない中国人マフィアや客を爆死させるのは気が進まないな」

「いまさら善人ぶるなって。おまえは人殺しボクサーと呼ばれ、組にいたときだって、同業者を何人も殺《や》っちまったじゃねえか」

「そいつらは、おれに牙を剝《む》いたんでね」

「いや、それだけじゃねえな。おまえは、人殺しそのものが好きなんだ。そうなんだろう？　おまえは殺人を愉《たの》しんでる」

「昔は、そうだったかもしれない」

鳴海は低く呟き、両切りのキャメルをくわえた。

やくざ者を幾人も虫けらのように屠《ほふ》ったことは、紛《まぎ》れもない事実だった。相手が殺気立ったとたん、鳴海は条件反射的に異常に興奮してしまう。

全身の細胞が急激に活気づき、筋肉という筋肉がむず痒《がゆ》くなる。血管が膨れ上がり、頭の芯が白く霞《かす》む。

殺意が膨らむと、きまって頭の中でアルバート・アイラーのサックスの音《ね》が響きはじめる。

ナンバーは、いつも『精霊《ゴースト》』だ。四十年近くも前の前衛ジャズである。亡父が愛聴していた旋律だった。

そのナンバーは、どこか荒々しい。

挑発的なフレーズが延々とつづく。すべての情念を吐き出すように金管楽器が吼《ほ》え、重く低く噎《むせ》び泣く。

鳴海は五歳のとき、父親が自宅の庭で友人を角材で撲殺《ぼくさつ》する場面を目撃している。殺された男は父の大学時代からの親友で、事業の共同経営者でもあった。

その男は勝手に会社の金を着服し、鳴海の母親とも通じていた。

幼かった鳴海は、母が男に組み敷かれて、なまめかしい声をあげている姿を何度も目にした。子供心に男の存在が疎《うと》ましかった。

父は母が実家の法事に出かけた日に共同経営者を自宅に呼びつけ、背徳行為を詰《なじ》った。相手の男は父が被害妄想に陥《おちい》っていると決めつけ、精神科医に診《み》てもらうべきだと冷ややかに言った。

その言葉に逆上した父は凄まじい形相《ぎょうそう》になり、凶行に走った。

角材で額を割られると、共同経営者は会社の金を遣《つか》い込んだことを認めた。しかし、鳴海の母親との爛《ただ》れた関係については空とぼけつづけた。

鳴海は危《あや》うく嘘つきと叫びながら、家の中から飛び出しそうになった。そのとき、父が何か怒鳴り、角材を振り下ろした。

血みどろになった男は涙声で、父に許しを乞《こ》うた。しかし、父の激情は凪《な》がなかった。かえって、怒りを駆り立てられたようだ。

父は何かに憑《つ》かれたように角材を振りつづけた。やがて、共同経営者は息絶えた。

父は血塗《ちまみ》れの死体を毛布でくるむと、自分のワゴン車に乗せた。

鳴海は恐ろしさで体が動かなかった。舌も強張《こわば》って、声すら出せない。

死体をどこかに運び去った父が帰宅したのは、夜明け前だった。

母は実家に泊まることになっていた。家には、鳴海と三つ違いの兄しかいなかった。

共同経営者の腐乱死体が山梨県の山中で発見されたのは、およそ一週間後だった。

父は幾度も事情聴取されたが、逮捕はされなかった。

鳴海は父の秘密を誰にも話さなかった。

父が短い置き手紙を残して行方を晦《くら》ましたのは、ちょうど一年後だった。事業は母が引き継ぐことになった。

父が大阪のドヤ街の路上で凍死したのは、それから三年後の真冬だった。

遺品の日記には、二人の息子のことだけしか書かれていなかった。妻や親友についての記述は、たったの一行もなかった。

「おい、急に黙り込んでどうしたんでえ？」

森内が言った。その声で、鳴海は追憶を断《た》ち切った。

「脈絡もなく死んだ親父のことを思い出しちまって……」

「別荘暮らしが単調だったんで、頭《ペテン》がおかしくなっちまったんじゃねえのか？」

「そうかもしれません」

「千五百で、どうだい？」

「おれに牙を剝いた悪人なら、迷わず殺《や》っちまいますよ。しかし、銭のために人殺しをする気にゃなれないな」

「刑務所《ムショ》帰りの文無し野郎が大層な口を利くじゃねえかっ。昔のことは言いたかねえけど、おまえが組にいたときは面倒見てやったはずだぜ」

「先代の組長には世話になったが、あんたに面倒見てもらった憶《おぼ》えはないな」

「鳴海、その口の利き方は何だっ」

森内が気色《けしき》ばんだ。

「おれは、もう組員じゃねえんだ。あんたに気を遣《つか》う必要はねえだろうが！」

「てめえ、ふざけやがって」

「匕首《ドス》でも抜くかい？　おれを本気で怒らせたら、あんた、火葬場行きだぜ」

鳴海は声を張った。

森内が額に青筋を立て、南部鉄の灰皿を摑み上げた。鳴海は坐ったまま、左のフックを放った。

パンチは森内の頰骨に炸裂《さくれつ》した。森内は横に転がった。

鳴海は立ち上がりざまに、赤漆《あかうるし》塗りの座卓を荒々しく引っくり返した。その物音を聞きつけ、奥から女将と板前が飛び出してきた。

「騒ぎ立てると、この店を丸焼けにしちまうぞ」

鳴海は二人を睨《ね》めつけ、そそくさと靴を履《は》いた。店を走り出て、区役所通りまで駆ける。

——しばらく新宿には近づけねえな。

鳴海は、ボクサー時代の唯一の友人に会いに行くことにした。

空車を拾い、渋谷に向かう。昔のボクサー仲間の八木正則《やぎまさのり》は、道玄坂二丁目で洋風居酒屋『プチ・ビストロ』を経営している。いわゆるフランチャイズ・チェーンのオーナーだ。

三十四歳の八木が妻の智奈美《ちなみ》と店を持ったのは、三年前だった。智奈美は二十七歳で、なかなかの美人だ。

鳴海は、八木に借りがあった。スパーリング中に八木の視神経を傷つけてしまったのである。

その後遺症が原因で、結局、八木はプロボクサー生活に見切りをつけざるを得なくなってしまった。いまでも彼は、右目を忙《せわ》しくしばたたく。

それを見るたびに、鳴海は辛い気持ちになる。故意に八木の視神経を傷《いた》めたわけではなかったが、やはり後ろめたさは拭えない。

当の本人は、ひと言も恨《うら》みがましいことは口にしなかった。

それどころか、八木は自分の運動神経の鈍さを明るく罵《ののし》った。その自虐《じぎゃく》が、鳴海にはかえって応《こた》えた。

——八木ちゃんの夢をおれが潰《つぶ》しちまったんだ。あの男に何かあったときは、力になってやらなきゃな。

鳴海は自分に言い聞かせた。

タクシーは二十分ほどで、目的地に着いた。

道玄坂から、七、八十メートル奥に入った通りに八木の店はある。飲食店ビルの地下一階だった。

鳴海は階段を下《くだ》り、『プチ・ビストロ』のドアを押した。

客の姿は見当たらない。オーナー夫婦が奥のテーブルに坐り、所在なげに煙草を吹かしていた。

「八木ちゃん、油売ってる場合じゃないだろうが」

鳴海は、ことさら朗《ほが》らかに声をかけた。八木と智奈美が、ほぼ同時に立ち上がった。

「おう、鳴海じゃないか。いつ出てきた？」

「きょうだよ」

「一度、府中に女房と行ったんだ。だけどさ、身内じゃないからって、面会を断られてしまったんだよ」

　八木が言いながら、握手を求めてきた。鳴海は八木の手を握り返し、智奈美に目で挨拶した。

「鳴海さん、少し痩《や》せたんじゃない？」

「麦《バク》シャリで、わざとダイエットしたんだよ」

「鳴海さんったら」

　智奈美が泣き笑いのような表情を見せた。黒曜石のような瞳は、きょうも魅惑的だった。唇も官能的だ。

「何かと大変だったろうな。ご苦労さん！」

　八木が言った。

「一年一カ月は長かったぜ。一、二回、本気で脱獄してやろうって考えたね」

「そんな気になるだろうな。それはそうと、よく来てくれた。嬉しいよ」

「なんだか急に八木ちゃんの顔を見たくなってさ、新宿からタクシーを飛ばしてきたんだ」

「そうか、そうか。好きな料理を喰《く》って、しこたま飲んでくれ」

「八木ちゃん、いつもこんな具合なのかい？」

「何が？」

「閑古鳥《かんこどり》が鳴いてるみてえじゃねえか」

「一年ほど前から、客足が遠のいちゃってな。それまでは結構、繁昌《はんじよう》してたんだ」

「なんで、こんなふうになっちまったんだい？」

「一時、渋谷のチンピラたちの溜まり場になってたんだよ。それで、徐々に一般のお客さんたちが来なくなっちまったんだ。十カ月も前にチーマー崩れたちを出入り禁止にしたんだが、客足が戻ってこないんだよ」

「そうなのか。それじゃ、今夜はおれがこの店を借り切ることにしよう。八木ちゃん、メニューに載ってる料理を全部こしらえてくれ。それから、高いワインもどんどん開けてくれねえか」

「鳴海、もっと素直になれよ」

「素直に？」

　鳴海は問い返した。

「ああ。おまえは元やくざだが、おれよりも年下なんだぜ。ジムでも後輩だった」

「わかってるよ、そんなこと」

「年上のおれが、後輩の出所祝いをしたいって言ってるんだから、素直に奢《おご》られろって」

「しかし、おれは八木ちゃんに何かと借りがあるから、ちょっと売上に協力してえんだよ。木工作業の労賃が懐に入ってんだ」

「鳴海、おれの目のことで妙な負い目を感じてるんだとしたら、そいつは思い上がりってもんだぜ」

八木が片目を不自然に瞬《またた》かせた。興奮すると、チック症状が激しくなるのだ。鳴海は、どう答えていいのかわからなかった。

「おれの片目がこんなふうになったのは、別におまえのせいじゃない。ただ、運が悪かっただけさ」

「いや、おれが八木ちゃんのヘッドギアが浮いてることにもっと早く気づいてりゃ、そこまでダメージを与えることはなかったはずだよ」

「目のことは、もう言うな。他人《ひと》に憐《あわ》れまれたくないんだ」

「八木ちゃん、おれは別に憐れんでるわけじゃない」

「二人とも、どうしちゃったの？」

智奈美が困惑顔で仲裁に入った。八木が表情を和《なご》ませた。

「ごめん！　おれ、ちょっと大人げなかったな。久しぶりに会ったんだから、楽しく飲《や》ろうや」

「そうだな」

鳴海は笑顔を返した。

「智奈美、今夜の口開けのお客さんだ。いちばんいい席にご案内して！」

八木は妻に言いおき、いそいそと厨房《ちゆうぼう》に入っていった。

「特にいい席があるわけじゃないの。鳴海さん、好きな場所に腰かけて」

智奈美が微苦笑しながら、そう言った。

鳴海は中央のテーブル席に坐った。店内の造りは、南フランスあたりの食堂に似ている。テーブル席が六つで、ほかにバーカウンターがあった。

鳴海は煙草に火を点け、智奈美の動きをぼんやりと目で追った。

気のせいか、彼女もあまり元気がない様子だ。経営状態は想像以上に厳しいのかもしれない。

4

シャンパンの栓《せん》が抜かれた。

ドン・ペリニヨンだった。テーブルには、フランスの田舎料理、ミラノ風パスタ料理、特製フランクフルト・ソーセージ、スペイン風パエリア、ハンガリー料理が所狭しと並んでいる。

「鳴海、遠慮しないで喰《く》ってくれ。今夜の客は、おまえだけなんだ」

正面に坐った八木がそう言い、白いコック帽を脱いだ。

「八木ちゃんはリングを降りてから、ずっとパン職人をしてたんだよな。いつ、こんなに多くの料理をマスターしたんだい？」

「猛勉強したんだよ、料理の本をたくさん買い込んでさ」

「嘘よ。『プチ・ビストロ』の本部で、四十五日間の研修を受けただけなの」

智奈美が会話に割り込んできた。

「おまえ、バラすなよ」

「いいじゃないの。鳴海さんに見栄張っても仕方ないでしょ？」

「鳴海だから、見栄張りたいんだ」

「あら、どうして？」

「癪《しゃく》な話だが、おれよりも鳴海のほうがボクシングはうまかった。ルックスだって、おれの負けだ。四つも年下の男にかなうものがないのは哀しいじゃないか」

「それで、料理の腕だけは鳴海さんには負けないと胸を張りたかったわけね？」

「うん、まあ。でも、おれ、鳴海が板前の修業をしたことがあったのを忘れてたんだ。悔しいけど、料理の腕も鳴海のほうが上だな」

「板前の修業をしてたといっても、おれは庖丁《ほうちょう》を握らせてもらえなかったんだ。もっぱら洗い場の仕事をやってたんだよ」

鳴海は言った。

「でも、先輩たちの仕事は目で盗んでたんだろ?」

「ああ、それはね」

「なら、やっぱり鳴海のほうが料理人としてランクが上だよ。おれなんか本部の手引書《マニュアル》通りに、半加工製品を焼いたり煮たりしてるだけだからな。庖丁を使うのは生野菜を切るときぐらいなんだ」

「当然、味付けも本部のレシピ通りに作らされてるんだ?」

「そうなんだ。だから、厳密には料理人《シェフ》とは言えないんだよ、おれはさ」

八木が自嘲的に笑った。妻の智奈美が夫をやんわりと窘《たしな》め、乾杯を促《うなが》した。

鳴海たち三人は、それぞれシャンパングラスを持ち上げた。

ドン・ペリニヨンは、ほどよく冷えていた。

智奈美に勧められ、鳴海はナイフとフォークを手に取った。料理はどれもうまくなかったが、せっせと食べた。

シャンパンがなくなると、三人はワインに切り替えた。フランスワインだった。

「商売が繁昌してりゃ、鳴海にロマネ・コンティを一本丸々、飲ませてやれたのにな。しけた祝宴ですまない」

「何を言ってるんだ。おれはこんなふうにもてなしてもらって、すごく嬉しいよ」

「そうか、そうか。おれ、このまま沈んだりしないって。保証金の一千万を含めて開業資金は二千五百万もかかってるんだから、必ず店を盛り返す」

「その意気で頑張ってくれよ」

「ああ、頑張る！」

「『プチ・ビストロ』の加盟店は、全国にどのくらいあるんだっけ？」

「約二千三百店だよ。どこも本部の『プチ・ビストロ・ジャポン』に月々、ロイヤルティーを払って商売してるんだ」

「ロイヤルティーは毎月、どのくらい払ってるんだい？」

「総売上の三十八パーセント取られてる」

「家賃、水道光熱費、人件費なんかは、オーナーが負担してるんだろ？」

「そうなんだ。一日に二十万以上の売上があれば、そういう経費を差っ引いてもオーナー収入は充分に確保できる。しかし、こうも閑《ひま》じゃ、赤字つづきでな」

「この種の店だけじゃなく、フランチャイズ・チェーンのコンビニ、和食レストラン、ハンバーガーショップ、ラーメン屋なんかも、けっこう経営が大変みてえだな」

「想像以上に厳しいね。一国一城の主《あるじ》になれたなんて浮かれてる間もないほど仕事はハードだし、一日の売上が目標額に達しなかったら、本部から発破《はっぱ》をかけられるからな。気の休まるときがないんだ」

八木がぼやいた。

「ロイヤルティーが高過ぎるんじゃねえの？　各業種ともフランチャイズ・チェーンの本部は、どこも増収増益だって話じゃねえか」

「本部は絶対に損しないようなシステムになってるんだよ。ある加盟店が売上不振で自主廃業したら、新しいオーナーから保証金、商品代、成約預託金、ロイヤルティーがまとまって入るわけだから」

「本部は、鵜匠《うしょう》みたいなもんなんだ？」

「鳴海、うまいことを言うな。実際、その通りだね。おれたち加盟店オーナーは鵜みたいに川の中に潜《もぐ》って、せっせと魚を獲《と》ってるわけだ。本部はオーナーたちを生かさぬよう殺さぬよう巧《たく》みに操《あやつ》って、巨額のロイヤルティーを吸い上げてる」

「暴力団の上納金みてえだな」

鳴海は溜息をついて、両切りキャメルに火を点けた。そのとき、左隣に腰かけている智奈美が夫に声をかけた。

「あなた、仕事の愚痴《ぐち》はよしましょうよ。今夜は、鳴海さんのお祝いなんだから」

「そうだったな」

八木が鳴海に謝り、ボクサー時代の思い出を語りはじめた。

すでに幾度か聞いたエピソードばかりだったが、鳴海は救われたような気持ちになった。いまの自分には、八木に何もしてやれない。そのことが情けなかった。

「減量が辛くなって、二人でトイレの貯水タンクの水をこっそり飲んだりしたよな。それから、鳴海はよくトレーナーに隠れて、ベロの下に氷の欠片《かけら》を入れてたっけなあ」

「そうだったな。八木ちゃん、例の話を奥さんに話してもいいかい？」

「例の話？」

「八木式減量法だよ」

「あのことか」

八木がにやついた。すると、智奈美がどちらにともなく言った。

「二人だけの秘密にしないで、わたしにも教えてよ」

「ちょっと品のない話なんだが、おれが話そう。八木ちゃんは汗を出すだけじゃ足りないって、ジムの仲間たちにザーメンを放出することを大真面目に説《と》いたんだ」

鳴海は説明した。

「あら、いやだ」

「八木ちゃんはレクチャーするだけじゃなく、ジムのみんなの前でマスを掻《か》いてみせたんだよ」

「まあ、なんてことなの」

「それで、八木ちゃんのタンクにはバケツ一杯分の精液が溜まってるにちがいないなんて冗談が流行《はや》ってさ」

「恥ずかしいことをしたのね、あなたは」

智奈美が夫を甘く睨んだ。八木はきまり悪げに笑い、赤ワインを一気に飲み干した。

昔話は際限《さいげん》なくつづいた。

鳴海は大いに笑った。だが、ジョークを連発する八木は時折、表情を翳《かげ》らせた。鳴海は、それが気になった。

小《こ》一時間過ぎたころ、八木が手洗いに立った。

「八木ちゃん、何かで思い悩んでるんじゃないのか？」

鳴海は声をひそめて智奈美に問いかけた。

「ええ、ちょっとね」

「力になれないかもしれないが、話してみてくれねえか」

「実はね、十日ぐらい前に本部から売上不振を理由に、フランチャイズ・チェーン契約を一方的に解除するという内容証明が送りつけられてきたの」

「フランチャイズ《F》・チェーン《C》契約書には、売上不振が解除の理由になると明記されてるのかい？」

「そういう表現はされてないの。ただ、営業努力を怠《おこた》った場合は解除の対象になるという条文は入ってるのよね。見解の相違ってことになるんだろうけど、わたしたち夫婦は懸命に営業努力はしてきたつもりよ。チラシを配ったり、街頭で呼び込みをやったりね」

「しかし、本部は努力を怠ってると判断したわけだ？」

「一種の難癖なのよ。売上高が少ないと、ロイヤルティー額もダウンするでしょ？加盟店が繁昌しないと、本部は旨味《うまみ》がないわけよ。だから、低迷してる加盟店は早く潰して、新規のオーナーから保証金や成約預託金なんかを取りたいのよね」

智奈美が腹立たしそうに言った。

「八木ちゃんは、どう考えてるんだい？」

「契約解除の通告には法的な根拠がないから、当然、従う気はないと言ってるわ」

「本部に、そのことは？」

「ええ、ファックスで伝えたわ。内容証明が届いた翌日ね」

「それに対して、本部はどんな反応を？」

「何か言いたいことがあるなら、『プチ・ビストロ・ジャポン』の顧問弁護士と話し合ってくれとファックスで回答してきただけよ」

「営業努力が足りないということのほかに、何か本部は切札を持ってるとは考えられない？」

「特に落ち度はないはずよ。売上高こそ少ないけど、ロイヤルティーはきちんと送金してるし、入金帳も言われた通りにちゃんとコピーを取ってるの。それから、仮払いのチェックもしてるし、無断休業もしてない。もちろんサイドビジネスなんかしてないし、夫婦仲が悪いわけでもないわ」

「オーナー夫婦の生活態度なんかも、チェックの対象になるの⁉」

「ええ。ギャンブルに熱中したり、オーナーが異性にだらしがなかったりしたら、FC契約の違反行為と見做《みな》されるの」

「契約の内容は厳しいんだな。品行方正な働き者じゃなけりゃ、本部はいい顔をしないってわけか。おれには、とても務《つと》まりそうもねえな」

鳴海は肩を竦《すく》めた。

ちょうどそのとき、八木がトイレから出てきた。

「長い小便だな。もしかしたら、八木式減量法で……」

鳴海は軽口をたたいた。

「そんなもったいないことをするかよ。おれは結婚してるんだぜ。それより、鳴海、おれがいない隙《すき》に智奈美に言い寄ってたんじゃないだろうな？」

「そうか、そうすべきだったな。奥さん、外に連れ出してもいいかい？」

「この野郎、殴るぞ」

八木は陽気に笑い、鳴海の前に腰を下ろした。

「鳴海さんはバーボンのほうがいいんじゃない？」

「ワインで充分だよ」

「遠慮しないで。ブッカーズがあるの。ロックにする？」

「それじゃ、お言葉に甘えて、バーボン・ロックにしよう」

鳴海は言った。

智奈美が優美に立ち上がり、厨房《ちゆうぼう》に足を向けた。鳴海は小声で八木に語りかけた。

「本部から内容証明が送り付けられてきたんだって？」

「智奈美が喋《しやべ》ったんだな。女は口が軽くていけない」

「八木ちゃん、店を盛り返せるのかい？」

「何がなんでも盛り返すさ。そうじゃなきゃ、おれたち夫婦は敗残者になっちゃうからな」

「何か手伝わせてくれねえか」

「年下の友達に泣きを入れるわけにはいかないよ」

「また、それか。社会人になったら、三つや四つ年齢《とし》が違っても、友達《ダチ》は友達《ダチ》じゃねえか。八木ちゃん、少し考え方がガキっぽいよ」

「確かに、そうかもしれない。けどな、おれにとって、おまえはずっとジムの後輩なんだよ。その事実は変わらねえんだ」

八木が力《りき》んで言った。

そのすぐ後、若いサラリーマンの一団が店に入ってきた。オーナーシェフは出入口に背を向けていた。

鳴海は八木に客が来たことを告げた。八木の顔が明るんだ。しかし、立ち上がった彼は客たちに店は貸し切りにしてあると言った。

「八木ちゃん、何を言ってるんだ!?　おれの相手はいいから、商売しろよ」

鳴海は腰を浮かせて、八木の背中をつついた。

だが、八木はせっかくの客を追い返してしまった。鳴海は二の句がつげなかった。

「おまえがわざわざ来てくれたのに、商売なんかできるかよ。積る話もあるからな」

「ばかだよ、八木ちゃんは。売上が落ち込みっぱなしなんだから、商売が先だろうが」

「いいんだ、いいんだ。金儲けは、いつでもできるさ。それより、今夜はとことん飲もうや」

八木が屈託《くったく》なげに言い、厨房の妻を急《せ》かした。

待つほどもなく智奈美がバーボン・ウイスキーやロックグラスの載った洋盆《トレイ》を両手で持ち、摺足《すりあし》でテーブルに戻ってきた。

三人は腰を据《す》えて、本格的に飲みはじめた。

八木夫婦はワインを空けると、ブッカーズの水割りに切り替えた。鳴海はロックで通した。

店に五人の中年男たちがなだれ込んできたのは、午後十時半過ぎだった。

全員、表情が険《けわ》しい。五人とも地味な色の背広姿で、ネクタイも締めている。

「本部の幹部社員たちよ」

智奈美が鳴海に耳打ちした。鳴海は無言でうなずいた。

「営業中なんだ。何か話があるんだったら、閉店後にしてくれ」

八木が椅子から立ち上がって、男たちに切り口上《こうじょう》で言った。

と、五十年配の小太りの男が前に進み出て、上着の内ポケットから何か書類を抓《つま》み出した。

「これは、契約解除の通告文です。先日の内容証明と内容はほぼ同じですが、一応、全文を読みましょうか？」

「一方的な解除通告など認めないっ。おれの店に勝手に入るな！」

八木が喚《わめ》いた。すぐに智奈美が立ち上がり、本部の幹部社員たちに抗議した。

「こんなやり方、ひどいわ。非常識ですよっ」

「八木オーナーとのＦＣ契約は、本日を以《もっ》て解除します。これは本部の役員会議で決定したことなんです」

五十絡みの男が言った。

「解除理由は、営業努力を怠ったということなのね？」

「そうです」

「主人もわたしも、精一杯の努力をしてきました。手を抜いてたわけじゃありません。しかし、なかなか売上が目標額に達しなかったんです」

「六カ月以上も連続して売上高が下降線をたどってますよね。はっきり申し上げると、そもそもオーナーさんには経営能力がなかったのではないでしょうか。ほかの加盟店は、どこも売上は右肩上がりですよ」

「売上が急激に下がったのは、チンピラたちの溜まり場にされたからなんです。でも、その子たちはもう来なくなりました。ですから、もうしばらく時間を与えてください」

智奈美が縋《すが》るように訴えた。

「あなた方のお気持ちはわかりますが、ここまで売上が落ち込んだら、もう再生は難しいでしょう。こういう店が出てくると、『プチ・ビストロ』の商標のイメージダウンになるんですよ」

「もう一年、それが無理でしたら、せめて半年の猶予《ゆうよ》をいただけないでしょうか。その間に、必ず盛り返しますから」

「すでに決まったことなんです。ロゴマーク入りの備品をすべて引き揚げさせてもらいますよ」

リーダー格の男は通告文をテーブルの上に置くと、連れの四人に目で合図した。男たちは店内に散り、商標入りの灰皿、ペーパーナプキン、メニューなどを回収しはじめた。

「てめえら、ふざけるなっ」

八木が怒声を上げ、四人の男を次々に突き倒した。そして、五十年配の男に殴りかかる気配を見せた。

「八木ちゃん、落ち着けよ。暴力沙汰を引き起こしたら、不利になるだけだぜ」

鳴海は諫《いさ》めて、おもむろに立ち上がった。

八木が固めた拳《こぶし》をほどき、下唇を噛みしめた。智奈美は、いまにも泣き出しそうな顔をしていた。

「失礼ですが、おたくさんは？」

小太りの男が鳴海に問いかけてきた。

「オーナーの友人だよ。FC契約書を見たわけじゃないから、迂闊《うかつ》なことは言えないが、やり方がちょっと強引なんじゃねえのか。やくざだって、ここまではやらないぜ」

「おたくは、その筋《すじ》の方なんですか？」

「昔はな。しかし、おれは昔の稼業をちらつかせて脅しをかけてるわけじゃない。そこんとこ、誤解しないでもらいてえんだ」

「ど、どうしろとおっしゃるんです？」

「物には順序ってものがあるだろうが。あんたたちみたいに最初っから喧嘩腰じゃ、オーナーだって、頭に血が昇《のぼ》っちまうよ」

鳴海は努めて穏《おだ》やかに言い、五人の男たちの顔を順ぐりに眺めた。男たちは、まるで申し合わせたように目を伏せた。

「きょうのとこは、いったん引き揚げてもらえねえか？」

鳴海は小太りの五十男に言った。

「しかし、それでは子供の使いになってしまう」

「力ずくで、備品を回収する気なのかい？」

「そうしろと上司に言われてますんでね」

「あんた、おれの顔に見覚えがない？」

「もしかしたら、ボクサーだった鳴海一行さんですか？」

「よく思い出してくれたな。嬉しいよ。五年前におれが東洋タイトル戦で相手を殴り殺しちまったことは知ってるよな？」

「え、ええ」

「ついでに教えといてやるが、オーナーの八木ちゃんもプロボクサーだったんだ。八木ちゃんの右フックはハンマーパンチと呼ばれてたんだよ。素人がまともに顔面にパンチを喰《くら》ったら、頬骨はガラス細工みてえに砕けちまうだろうな」

「……………」

「八木ちゃんやおれを怒らせたいんだったら、備品を回収すればいいさ。おれに止める権利はねえんだから、好きにしなよ」

「いったん会社に戻って、役員と相談してみます」

リーダー格の男は四人の部下を促し、逃げるように店から出ていった。

四人の男のうちのひとりは足を縺《もつ》れさせて、ドアの手前で転倒しそうになった。鳴海は笑いを嚙《か》み殺し、自分の席に戻った。

「おまえに迷惑かけてしまったな」

八木が鳴海に言い、テーブルについた。

智奈美も謝意を表し、夫と鳴海の間に腰かけた。

八木は本部の悪徳商法を非難しながら、バーボン・ロックをハイピッチで呷《あお》った。

智奈美が飲み方が速《はや》すぎると注意したが、八木は聞き入れなかった。素面《しらふ》ではいられないのだろう。

八木は午前一時前に、酔い潰れてしまった。テーブルに突っ伏したまま、鼾《いびき》をかいている。智奈美がどんなに揺さぶっても、八木は目を覚まさなかった。

「自分の車で中目黒のマンションに帰るのは、無理だな。おれが旦那を肩に担《かつ》いでタクシーに乗せてやろう」

「わたしひとりじゃ、部屋まで運べそうもないわ。困ったな」

「それじゃ、おれが八木ちゃんを部屋まで運んでやろう」

「そうしていただけると、助かるわ。ざっと後片づけをしちゃいますから、鳴海さんはゆっくり飲んでて」

「いや、おれも手伝おう」

二人はテーブルの上を片づけはじめた。

智奈美が食器やグラスを洗い終えると、鳴海は酔った八木を肩に担ぎ上げた。智奈美が手早く店の戸締まりをした。

鳴海たちは道玄坂まで歩き、タクシーを拾った。

八木夫婦の自宅マンションまで、二十分もかからなかった。ふたたび鳴海は八木を肩に担ぎ、六〇六号室に上がった。

間取りは2LDKだった。LDKを挟んで、和室と洋室が振り分けられている。

鳴海は八木を洋室のベッドの上に寝かせた。八木は深く寝入っていた。

智奈美が洋室のドアを閉めたとき、部屋のインターフォンが鳴り響いた。すぐに彼女は、壁掛け型の受話器を取った。

来訪者は何も喋ろうとしないらしい。

「なんだか薄気味悪いわ。こんな真夜中に、いったい誰が訪ねてきたのかしら?」

「ちょっと様子を見てくる」

鳴海は言いおき、玄関ホールに急いだ。

ドアの前には、踏み潰《つぶ》されたハムスターの死骸が六つも転がっていた。歩廊《ほろう》に人影はなかった。

智奈美が玄関で悲鳴をあげた。

「見ないほうがいい。おれが片づけるから、奥にいてくれ」

「本部の人間がこんな厭《いや》がらせをしたのかしら? 怕《こわ》いわ。鳴海さん、今夜はうちに泊まってもらえない? 主人が酔い潰れちゃったから、わたしひとりじゃ心細いんです」

「そういうことなら、一晩、厄介《やっかい》になろう。古新聞とビニール袋を持ってきてくれないか」

鳴海は言った。

智奈美が居間に駆け戻った。鳴海は玄関ドアを閉め、歩廊に屈《かが》み込んだ。

ハムスターの死骸の周《まわ》りを仔細《しさい》に検《しら》べてみたが、犯人の遺留品と思われる物は何も落ちていなかった。

本部の人間の仕業《しわざ》だとしたら、遣《や》り口が卑劣だ。赦《ゆる》せない。

鳴海は立ち上がって、エレベーターホールに鋭い目を向けた。

第二章　旧友の訃報《ふほう》

1

遅い朝食だった。

間もなく正午になる。

鳴海は八木夫妻と向かい合って、バタートーストを齧《かじ》っていた。八木の自宅マンションのダイニングキッチンである。

「昨夜《ゆうべ》は、みっともないとこを見せちゃったな」

八木が言った。

「気にすることはないさ」

「踏み潰されたハムスターのこと、さっき智奈美から聞いたよ」

「八木ちゃん、どう思う？」

「本部の奴らの厭《いや》がらせだろう。きのうの晩、通告文を持ってきた男たちを追っ払ったからな」

「腹いせにしては、ちょっと子供じみてるな」

「まあね。しかし、気の弱い加盟店オーナーなら、ビビるかもしれない。それなりに効果はあるんだろう」

「それにしても、陰湿よね」

　智奈美が夫に言った。

「ああ。本部は加盟店オーナーたちにきれいなことを言ってるが、本音は効率よくピンはねしたいのさ」

「そうなんでしょうね。オーナーが経営に失敗して、一家離散に追い込まれたり、自殺したりしても、少しも後ろめたさを感じてないみたいだし」

「『プチ・ビストロ・ジャポン』は悪徳会社だよ。おれが調べたところ、四割近いオーナーが自主廃業に追い込まれてる。その多くは脱サラ組だが、大半が保証金や成約預託金を返してもらってない。それどころか、いろんな理由を並べたてられて、逆に違約金を払わされた者が少なくないんだ。本部は、あこぎだよ」

「ほんとね」

「奴らが強引に店を潰す気なら、おれは刑事告発も辞さない。連中が勝手に店の備品を回収したら、窃盗罪になる。それから、威力《いりょく》業務妨害にもなるはずだ」

「そんなこと、いつ勉強したの？」

「内容証明が郵送されてきてから、ポケット判の小六法を隅々まで読んでみたんだ」

「そうだったの」

「本部の連中が店の壁のロゴマークを無断で引き剝《は》がしたら、器物損壊罪が成立するんだよ。むろん、店を畳む場合は保証金や成約預託金の請求もできる。そういうのは、民事訴訟になるんだけどさ」

「あなたがそこまで勉強してるんだったら、とても心強いわ。二人で何とか力を合わせて、挽回《ばんかい》しましょうよ」

「そのつもりさ」

八木が言って、カフェ・オ・レを啜《すす》った。トーストやハムエッグには、手はつけられていない。二日酔いで、食欲がないのだろう。

「おれにも協力させてくれねえか」

鳴海は八木に言った。

「協力って？」

「客の呼び込みでも、皿洗いでも何でもやるよ」

「おまえの気持ちは嬉しいが、バイト代を払う余裕もないんだ」

「何か喰わせてくれりゃ、金なんかいらないって。まるっきりの文無しってわけじゃないから、何とかなるさ」

「しかし、鳴海に迷惑をかけるわけにはいかないよ」

「八木ちゃん、こう考えてくれ。昨夜《ゆうべ》、おれは八木ちゃんの店で無銭飲食した。その償《つぐな》いとして、しばらく無給で働く。そういうことなら、別に抵抗はねえだろ?」

「鳴海、おまえって奴は……」

八木が声を詰まらせた。智奈美も目を潤《うる》ませた。

「よし、話は決まった。さて、問題はどうやって、客を呼び戻すかだよな。八木ちゃんの焼いた酵母《こうぼ》パン、最高にうまかったよ。手作りパンを目玉商品にして、ほかの加盟店との差別化を図る手もあるんじゃねえのか?」

「オリジナルメニューを出すのは、契約違反になるんだ」

「そうなのか」

「あくまでも本部のノウハウに則《そく》して商売をしなけりゃならないんだよ。店内のインテリアにも、制約があるんだ」

「そういうことなら、ひたすら客を呼び込むしか手はねえな」

「そうなんだ。チラシも配ってきたし、店頭で呼び込みもやったんだが、それほど効果はなくてな。加盟店のメーカーはどこも同じだから、表通りに店舗を構えてるほうが有利なんだ」

「だろうね」

「うちの店は道玄坂から少し奥に入ってるんで、不利なんだよ」

「となると、何か抜け駆けをするしか手はなさそうだな」

「ま、そうだな。しかし、料理の値段を勝手に下げたり、何か景品を付けたりすることも禁じられてるんだ」

「何かいい手を考えるよ。客の呼び込みは、おれに任《まか》せてくれ」

鳴海は胸を叩《たた》いてみせた。

そのとき、居間で電話が鳴った。八木が椅子から立ち上がり、受話器を取った。

鳴海はコーヒーを飲み、煙草に火を点けた。

「約束が違うじゃないか。自宅には電話しないでくれと言ったはずだぞ」

八木が鳴海たち二人に背を向け、低い声で電話の主を詰《なじ》った。

相手は女なのかもしれない。鳴海は斜め前に坐った智奈美の顔を盗み見た。不快そうな表情だった。

「必ず連絡するよ」

八木が突《つ》っ慳貪《けんどん》に言って、受話器をフックに戻した。すると、智奈美が夫に顔を向けた。

「浮気なら、スマートにやってよね」

「そんなんじゃないんだ。実は知り合いに、先月、五十万ほど借りたんだよ。ロイヤルティーを送金したら、光熱費や家賃を払う金が不足しちゃってな」

「なんで、わたしに話してくれなかったの？」

「おまえに余計な心配をかけたくなかったんだ」

「その知り合いって、誰なの？」

「智奈美の知らない奴さ。昔のパン職人仲間だよ」

「借りたのは、五十万円だけなのね？」

「ああ」

「それじゃ、実家の両親に相談してみるわ。きっと五十万ぐらいなら、すんなり貸してもらえると思うの。それで、知り合いから借りたというお金を返しましょうよ」

「おまえの親には泣きつきたくないんだ。マークXを手放す。まだ二年半しか乗ってないから、五十万以上で売れるだろう」

「そこまで切羽《せっぱ》詰まってたとは知らなかったわ。あなた、なんで打ち明けてくれなかったの？　わたしたち、夫婦なのよ」

「金のことで、おまえを悩ませたくなかったんだ」

八木がソファに腰かけ、朝刊を拡《ひろ》げた。

「手許《てもと》に二十万ほどある。それをそっくり回そうか」

鳴海は小声で智奈美に言った。

「ううん、駄目よ。いまの鳴海さんから、お金なんて借りられないわ」

「それじゃ、誰か知り合いに五十万用立ててもらおう」

「それもやめて。あなたに迷惑はかけられないわ」

「八木ちゃんには昔、何かと世話になったんだ。それぐらいのことはしないとな」

「鳴海さんの気持ちだけいただいときます」

智奈美が口を噤《つぐ》んだ。鳴海は煙草の火を揉み消し、ダイニングテーブルから離れた。

ちょうどそのとき、八木が新聞を乱暴にコーヒーテーブルに投げ落とした。

「八木ちゃん、どうしたんだい？」

「きのう、京都の『プチ・ビストロ』の加盟店オーナー夫婦が心中したって記事が載ってたんだよ」

「ええっ」

鳴海は朝刊を抓《つま》み上げ、社会面に目をやった。八木が口走ったことは、事実だった。

二段抜きの記事を読む。妻と一緒に自宅で感電自殺を遂げたオーナーは五十三歳で、元地方公務員だった。

子供に恵まれなかった夫婦は、三年前にフランチャイズ・チェーンの経営に乗り出した。

オープン当時は繁昌し、売上は目標額をはるかに上回っていた。ところが、一年後に近くに安さを売り物にする居酒屋ができた。

それで、夫婦の店はライバル店に客を奪われてしまった。二人は巻き返しを図ろうと、懸命に努力した。

しかし、客は戻ってこなかった。オーナーは開業資金の半分を都市銀行から借りていた。その返済の目処《めど》もつかないことに絶望し、夫婦は最悪の途《みち》を選んでしまったのだ。

「本部が保証金なんかをすんなり返すことになってりゃ、この夫婦は死なずに済んだはずだよ」

「そうだろうな」

「もっともらしい名目で違約金を取って、保証金や成約預託金を返さなかったから、その夫婦は追い詰められた気持ちになって、早まったことをしてしまったんだろう。本部のやり方は、詐欺《さぎ》商法と大差ないよ」

八木が憤《いきどお》って言った。

「本部に不満はあるだろうが、差し当たって売上高をアップさせなきゃな。目標額を達成させりゃ、本部だって文句は言えねえはずだ」

「そうだな」

「八木ちゃん、頑張ろうや。夕方、渋谷の店に顔を出すよ」

「鳴海、どこに行くつもりなんだ？」

「今夜から、おれ、安いビジネスホテルに泊まる」

「しばらくここを塒《ねぐら》にすればいいじゃないか。鳴海、そうしろよ。な！」

「いや、そうもいかない。ホテルを確保して、着る物も少し買いてえから、おれは先に出かけるぜ」

鳴海は朝刊をコーヒーテーブルに戻し、ビニールの手提げ袋を掴み上げた。智奈美に目顔《めがお》で挨拶し、部屋を出る。

マンションは山手通りのそばにあった。

鳴海は山手通りでタクシーに乗り、渋谷の有名デパートの前で降りた。デパートで着替えの長袖シャツやトランクスなどを買い、宮下公園の並びにあるビジネスホテルにチェックインした。

シングルルームだが、割にスペースは広かった。ベッドのほかに、ライティング・ビューローもあった。

鳴海はシャワーを浴びてから、情報屋の麦倉の自宅マンションに電話をかけた。

「おい、鳴やん！　きのう、いったい何をやらかしたんだよ？」

「何だい、いきなりさ」

「二階堂組の連中が血眼《ちまなこ》になって、鳴やんを捜し回ってるぜ」

麦倉が言った。

鳴海は経緯《いきさつ》を話した。

「そんなことがあったのか。鳴やん、しばらく新宿には近づかないほうがいいな」

「ああ、そうすらあ。ところでさ、もし余裕があったら、百万ぐれえ貸してくれねえか。必ず返すよ」

「余裕はないが、そのくらいだったら、回してやれるな。いま、どこから電話してるんだい？」

「渋谷のビジネスホテルだよ」

「それじゃ、銀行に寄って、鳴やんの部屋に金を持ってってやろう。ホテル名と部屋番号は？」

麦倉が問いかけてきた。鳴海は質問に答えて、先に電話を切った。

情報屋の麦倉が訪れたのは、午後一時過ぎだった。

鳴海は銀行の白い袋を受け取り、麦倉を椅子に坐らせた。自分はベッドに浅く腰かけた。

「アパートを借りてから、ボディーガードの雇い主を探す気なんだな？」

「ま、そんなとこだよ。いつとは言えないが、借りた金は必ず返す」

「当てにしないで待ってるよ。そうだ、こいつを使ってくれ」

麦倉が白っぽいシルクブルゾンのポケットから、灰色の携帯電話を取り出した。

「その携帯は?」

「二、三日前に区役所通りで拾ったんだ。あと何日使えるかわからないけどさ、あると便利だろう?」

「そうだな。それじゃ、貰っとこう」

鳴海は携帯電話を受け取り、サイドテーブルの上に置いた。

二人は三、四十分、雑談を交わした。麦倉が辞去すると、鳴海は横になった。枕が軟らか過ぎて、前夜は熟睡できなかったのだ。

すぐに瞼《まぶた》が重くなってきた。

めざめたのは、夕方の五時過ぎだった。

鳴海は外出の準備をすると、ビジネスホテルを出た。渋谷駅の周辺には、学生や勤め帰りのサラリーマンたちが大勢行き交っていた。

鳴海は道玄坂の下にたたずみ、OLらしい四人のグループに声をかけた。

「人気俳優たちがお忍びで飲みに来る洋風居酒屋が近くにあるんですが、よかったら、いかがです?」

「そのお店、高いんでしょ?」

グループの中のひとりが訊いた。

「『プチ・ビストロ』の加盟店ですから、リーズナブルな料金ですよ。今夜あたり、城戸賢《きどけん》がふらりと現われそうだな」

「わたし、彼のファンなの。お店で会えたら、最高だわ」

「きっと会えますよ。ぜひ、お越しください。わたしが店まで、ご案内しましょう」

鳴海は四人の若い女性を八木の店に導いた。

　オーナー夫婦は仕込みの最中だった。グループ客をテーブルに落ち着かせると、鳴海は道玄坂に引き返した。

同じ手を使って、二組めの女性グループもキャッチした。サラリーマンの男たちには、フェロモン女優の名をちらつかせて、店に誘い込んだ。六時半には、満席になった。

八木が厨房から、鳴海を呼んだ。

向かい合うと、オーナーシェフは低い声で問いかけてきた。

「おまえ、どんな手品を使ったんだ？」

「いつもと同じ呼び込みをやっただけだよ」

「嘘つけ！　まさか通行人に凄んで、ここに連れ込んだんじゃないよな？」

「客の顔をよく見なよ。誰か怯えてる奴がいるかい？」

「いや、みんな、寛《くつろ》いだ感じだね」

「だろう?」

「しかし、何かからくりがありそうだな。おまえ、知り合いに頼んでサクラを集めたんじゃないのか?」

「そんな面倒なことするかよ。それより、八木ちゃん、これを何かに役立ててくれ」

鳴海は麦倉から借りた百万円を銀行の袋ごと差し出した。

「中身は金だな?」

「ああ。おれ、銀行にその金を預けてあったことをすっかり忘れてたんだ。急に思い出して、銀行から引き下ろしてきたんだよ。たったの百万だが、ないよりはましだろう?」

「後輩のおまえから金なんか借りられない」

「つまらないこと言ってないで、早く仕舞えよ。奥さんに見つからないように、早く早く!」

「預かるだけだぞ」

八木はそう言いながら、調理に戻った。鳴海は厨房を出て、テーブル席を回りはじめた。智奈美が忙しげに立ち働いていた。

鳴海は料理や酒を運ぶ手伝いをした。

人気男優の大ファンだというOLは、しきりに出入口を気にしていた。フェロモン女優をオナニーペットにしているらしい若いサラリーマンたちも、期待に胸を膨らませている様子だった。

——おれのやったことは一種の詐欺なんだろうが、ま、罪はないよな。

鳴海は疚《やま》しさを自己弁護で打ち消した。

忙しさが一段落つくと、智奈美がさりげなく近づいてきた。

「鳴海さん、ありがとう。満席になったのは、本当に久しぶりだわ」

「よかったな」

「毎日、こうだと嬉しいんだけどね」

「おれ、明日も道玄坂で客を呼び込んでやるよ」

「短い時間に、よくこれだけのお客さまをキャッチできたわね。何か特別な呼び込み方をしたの？」

「なあに、たいした手を使ったわけじゃないんだ。サラリーマンたちにはオーナーシェフの奥さんが女優顔負けの美女だって耳打ちして、女の客たちには八木ちゃんが面白い男でサービス精神も旺盛だって言ったんだよ」

「どっちも誇大広告なんじゃない？　わたし、決して美人じゃないし、主人だって、ぶっきらぼうだもの」

「奥さんは美人さ。八木ちゃんは確かに少し愛想が足りないが、どんな商売だって、多少の誇張はしてるからな」

　鳴海は澄ました顔で言った。

「それにしても、お客さまたちは失望なさったんじゃないのかしら？」

「いや、そんなことはないと思うぜ。きっと今夜の客の半分ぐらいは、リピーターになってくれるさ」

「そう願いたいわね」

　智奈美が、しみじみと言った。鳴海はうなずき、カウンターの端に腰を下ろした。

2

　柄の悪い客が訪れたのは、九時過ぎだった。

　三人とも、ひと目で暴力団の組員とわかる風体《ふうてい》だ。揃《そろ》って二十代の後半だった。

「断ろうか？」

　鳴海は、困惑している智奈美に小声で言った。

「カウンター席が空いてるのに、追い返すわけにはいかないでしょ？」

「予約が入ってることにすればいいさ」

「でも、カウンター席をわざわざ予約するお客さまがいるなんて、不自然でしょ。いいわ、受け入れましょう」

智奈美が言って、三人組をカウンター席に坐らせた。

男たちは、ドイツビールを一本だけしか注文しなかった。三人はビールをちびりちびりと飲みながら、テーブル席の客たちを無遠慮に眺めはじめた。

五分ほど経《た》ったころ、若いサラリーマンのグループが逃げるように店から出ていった。

——こいつらは、本部に雇われた連中だな。

鳴海は、そう直感した。

そのすぐ後、紫色の背広を着た男が立ち上がった。彼はにやにやしながら、ＯＬのグループに近づいた。

「女同士で飲んでても、つまらねえだろ？」

「何かご用でしょうか？」

グループのひとりが毅然《きぜん》と訊いた。

「おれたち三人と一緒に飲もうや」

「せっかくのお誘いですけど、遠慮させてもらいます」

「おまえ、男嫌いなのか？」

「わたしたち、大事な話があるんです。ご自分の席に戻ってくれませんか」

「つんけんすんなよ。ここで会ったのも何かの縁だ。仲良くやろうや」

男はそう言い、女性客の肩を抱き竦《すく》めた。

女性客が悲鳴をあげた。連れの女たちが口々に男を咎《とが》める。

それでも、男は悪ふざけをやめようとしない。面白がって、さらに女性客をきつく抱きしめた。

「お客さま、ご自分の席にお戻りください」

智奈美が紫色のスーツの男に言った。

「おっ、あんた、いい女だな。抱き心地もよさそうだ」

「ほかのお客さまのご迷惑になるようなことは慎《つつし》んでください」

「いつ、おれがほかの客に迷惑をかけたってんだよっ。男にモテねえ女どもを誘っただけじゃねえか。客に話しかけちゃいけねえって法律でもあんのか?」

男が言い募《つの》った。

「とにかく、カウンターに戻ってください」

「あんたがここでストリップショーを観《み》せてくれりゃ、戻ってやらあ。ついでに一発やらせてもらおうか」

「もう結構です。お代はいりませんから、お帰りください」

智奈美が硬い表情で言った。

「てめえ、おれたちが客だってことを忘れてるんじゃねえのか！」

「こちらにも、お客さまを選ぶ権利はあると思います」

「偉そうな口を利くじゃねえか。いい気になってると、ここであんたを輪姦《マワ》しちまうぜ」

男が凄んで、袖を捲《まく》り上げた。

両腕の刺青《いれずみ》が電灯の光に晒《さら》された。テーブル席の客たちが一斉《いっせい》に下を向く。

智奈美が目で救いを求めてきた。鳴海は目顔でうなずき、紫色の背広を着た男の前に進み出た。

「表に出ようか」

「なんでえ、てめえは？」

「この店の従業員さ。ほかの客に迷惑がかかるから、外で話をつけよう」

「上等じゃねえか」

男が仲間の二人に目配せした。角刈りの男とサングラスをかけた男が、ほぼ同時に立ち上がった。

そのとき、厨房から庖丁を握り締めた八木が走り出てきた。

「ここは、おれに任せてくれ」

鳴海は八木に言った。八木が何か言いかけたが、目顔で厨房に戻れと告げた。

三人組が鳴海を取り囲んだ。

鳴海は先に店を出て、男たちを裏通りに誘い込んだ。

「おまえら、どこのチンピラだ？」

「てめえこそ、何者なんでえ。ただの店員じゃねえんだろ？」

腕の彫り物をちらつかせた男が言いざま、足を飛ばしてきた。空気が縺《もつ》れた。

鳴海はステップバックし、なんなく相手の前蹴りを躱《かわ》した。

男の体勢が崩れた。鳴海は前に跳《と》び、相手の顎《あご》を左のアッパーカットで掬《すく》い上げた。まともにヒットした。男は両腕をV字に掲《かか》げ、そのままのけ反《ぞ》った。

ほとんど同時に、角刈りの男が鳴海の腰に組みついてきた。

鳴海は相手の向こう臑《ずね》を蹴り込んだ。

角刈りの男が呻いて、屈《かが》み込みそうになった。すかさず鳴海は膝頭で、相手の顔面を蹴り上げた。鼻柱の潰れる音がした。

角刈りの男が引っくり返ると、サングラスの男が殴りかかってきた。ラフなパンチだった。

鳴海はウィービングで除《よ》け、ダブルパンチを返した。左のショートフックで顔面を叩き、右のボディーブロウで肝臓《レバー》を痛めつけた。

サングラスが吹っ飛び、男が膝から崩れた。

鳴海は相手の喉笛を蹴った。男が体を丸めて、転がりはじめる。

「てめえ、撃《ハジ》くぞ」

紫色の背広の男が大声を張り上げた。右手に自動拳銃を握りしめていた。ベレッタM20だった。

イタリア製のポケット・ピストルだ。二十五口径で、全長は十三センチ弱である。弾倉に八発、薬室に一発入れられる。

「てめえに撃《ハジ》くだけの度胸があんのかっ」

鳴海は一歩前に出た。

「動くと、ぶっ放すぞ」

「早く撃ちやがれ。二十五口径でもサイレンサーなしでぶっ放せば、銃声は響くぜ。三、四分でパトカーが来るだろうよ」

「お、おめえ、堅気《ネス》じゃねえな」

「だったら、どうだってんだっ」

「系列《スジ》を教えてくれよ。同じ関東俠友会の下部団体《エダ》かもしれねえからな」

「おれはヤー公じゃない。しかし、昔は男稼業を張ってた。だから、やくざ者の扱いにゃ馴《な》れてる。それから、てめえらがチンピラだってこともわからあ」

「な、なんだとーっ」

「撃《ハジ》けよ、ほら」

「退《さ》がれ、退がれったら！」

紫色の背広の男が後ずさりしはじめた。ベレッタM20の銃口は不安定に揺れている。

「組の名を言いな」

「わ、わ、渡瀬組《わたせぐみ》だよ」

「末端も末端だな」

「てめえ、なめやがって」

「ばかが！　まだロックも外してねえじゃねえか」

鳴海は言った。実際には、セーフティー・ロックは解除されていた。

男の視線が下がる。

鳴海は地面を蹴った。相手の首を抱え込み、ベレッタM20を奪い取った。銃口を男の頬に当てる。

「なんでえ、ロックは外れてたのか」

「くそっ」

「てめえらの雇い主は、『プチ・ビストロ・ジャポン』だなっ」

「そうじゃねえよ。おれたちは『幸栄《こうえい》リース』から取り立《キリトリ》てを頼まれたんだ」

男が言った。

「もっともらしいことを言って、クライアントを庇《かば》う気か」

「ほんとだよ。おれたち、八木正則が焦《こ》げつかせてる五百六十三万を回収しに来たんだ。嘘じゃねえ。八木の自宅の玄関前にハムスターの死骸を置いといたから、少しはビビるだろうと思って……」

「あれは、てめえらの仕業だったのか。借用証の類《たぐい》を見せろ」

鳴海は引き金の遊びをぎりぎりまで絞った。

紫色の背広の男が慌《あわ》てて懐から、四つに折り畳んだ書類を取り出した。

鳴海は拳銃で威嚇《いかく》したまま、男の手から書類を取り上げた。角刈りの男を呼び寄せ、ライターの炎を灯《とも》させた。

書類は三枚だった。八木は十カ月の間に百万円ずつ計三回、消費者金融から借金をしていた。元利併《あわ》せて現在、債務額は五百六十三万数千円だった。

裏社会の人間が貸金を取り立てる場合、報酬は回収額の半分と決まっている。三人組がうまく取り立てに成功しても、謝礼は三百万円に満たない。

関東俠友会渡瀬組は池袋の一角を縄張りにしている総勢六十人ほどの末端組織だ。通常、一千万円以下の取り立ては請け負わないものだが、それだけ組の台所が苦しいのだろう。

「今回の取り立《キリトリ》ては、てめえらの個人的な小遣い銭稼ぎじゃねえんだな？」

「ああ、組で受けた仕事だよ」

「そうかい。八木正則が借りた金は一両日中に、おれがなんとか都合つける」

「ほんとかよ?」

「ああ。だから、もう厭がらせはやめろ。わかったなっ」

「そういうことなら、二日だけ待ってやらあ」

紫色の背広が言って、借用証を鳴海の手から引ったくった。

鳴海は腕をほどき、ポケット・ピストルの銃把《グリップ》から弾倉《マガジン》クリップを引き抜いた。

マガジンクリップには、五発しか詰まっていなかった。薬室《チェンバー》の初弾も抜く。

六つの実包を足許に落とし、空になった弾倉を銃把に戻した。角刈りの男がしゃがみ込んで、六発の実包を拾い集めた。

「失《う》せな」

鳴海は兄貴株の男にベレッタM20を返し、顎をしゃくった。紫色の背広の男は二人の仲間を伴って、足早に歩み去った。

鳴海は八木の店に引き返した。客たちの姿はなかった。

「さっきの男たちは、本部に雇われた連中なんでしょ?」

智奈美が確かめるような口調で話しかけてきた。

「おれもてっきりそうだと思ったんだが、奴らは街のたかり屋だった。飲食店で厭がらせをして、小遣いを稼いでるんだと言ってたよ。ちょっと威《おど》したら、奴らは泡喰《あわく》って逃げてった」

「そうなの。鳴海さん、ありがとう」

「いや、かえって迷惑かけちまった。せっかく入ってくれた客たちに逃げられちゃったからな。もう少しスマートに連中を追っ払うべきだったよ。まだ修行が足りねえな」

鳴海は頭を掻いた。

「あんな振る舞いをされたら、誰だって冷静には応対できないわ。わたしだって、キレる寸前だったの」

「奥さんが啖呵《たんか》切るとこ、見たかったな」

「威勢よく啖呵は切れなかっただろうけど、わたし、泣き喚《わめ》いてでも、あの連中を追い出してやろうと思ってたの」

「そうか。おれ、また道玄坂で客の呼び込みをしてくる」

「今度はわたしがやるわ。鳴海さんは、少し休んでて」

智奈美はそう言うと、店を飛び出していった。

鳴海は厨房に足を踏み入れた。流し台で汚れた食器を洗っていた八木が鳴海に気づき、蛇口《じゃぐち》の栓を止めた。

「さっきの三人組、おとなしく退散したのか？」

「ああ。八木ちゃん、本部が奴らを差し向けたんじゃなかったぜ」

「えっ、それじゃ、誰が奴らを？」

「奴らを雇ったのは、『幸栄リース』だよ。あの三人は、関東侠友会渡瀬組の組員だってさ」

「そうだったのか。しかし、なんで奴らがおれのとこに来やがったんだろう？」

「八木ちゃん、芝居なんかすることはねえんだ。おれは奴らから、八木ちゃんが元利併《あわ》せて五百六十三万ほどの借金をしてることを聞いたんだからさ。それから、借用証も見てる」

「そうだったのか。鳴海、おれがサラ金の世話になってること、智奈美には内緒にしといてくれよな」

「わかってるって。昼間、自宅にかかってきた電話は『幸栄リース』からの督促《とくそく》だったんだろう？」

「その通りだよ。自宅には督促の電話はしないでくれって頼んでおいたんだが、なかなか金を返さないんで、ついに痺《しび》れを切らしたんだろう」

「そうなんだろうな」

「おれ、店の赤字額をもろに本部に知られたくなかったんで、毎月、売上高を水増ししてたんだよ。それで、サラ金で借りた分で家賃や光熱費を払ってたんだ」

「そうだったのか」

「この店の経営も、もう限界だな。『幸栄リース』がヤー公に取り立てを頼んだんだったら、さっきの三人は毎晩、この店に押しかけてくるはずだ。そうなったら、客たちはもっと寄りつかなくなる」

「五百万や六百万の借金で、そんな弱気になるなって」

鳴海は言った。

「他人《ひと》のことだと思って、そう簡単に言うなよ。いまのおれには、五百万でも巨額なんだ。店がこんな状態じゃ、一生、返せないかもしれない」

「おれに金策の当てがあるんだ。多分、五百や六百の金なら、ポンと貸してくれるだろう。とりあえずサラ金の負債をきれいにして、新規薪《ま》き直しをしなよ。奥さんと二人で頑張りゃ、きっと再生できるって」

「しかし、おまえには迷惑のかけ通しだからな」

「水臭いことを言うなって。八木ちゃん、ちょっと車を貸してくれねえか」

「これから、すぐに金策に？」

「ああ、善は急げって言うからな。マークXは、このビルの裏の駐車場に置いてあるんだっけ？」

「そうだが……」

「鍵《キー》、早く持ってきてくれよ」

「いいのかなあ」

八木がそう言いながら、ロッカーに歩《ほ》を進めた。

鳴海は八木の手から半《なか》ば強引にマークXの鍵を受け取り、店を走り出た。

飲食店ビルの斜め裏にある月極《つきぎめ》駐車場に入ると、出入口のそばに八木の車が駐《と》めてあった。メタリックシルバーのマークXに乗り込み、鳴海は港区西麻布に向かった。

老興行師の花田の自宅兼オフィスは、麻布消防署の斜め前にある。

六階建ての細長いビルだ。一階から四階まで事務所で、五、六階が自宅になっていた。

鳴海は二十分弱で、目的地に着いた。

ビルの近くの路上にマークXを駐め、花田を訪ねた。老興行師は四階の社長室で、ベテラン演歌歌手の新曲CDを聴いていた。

「こんな時間に申し訳ありません」

「何を言ってる。いつでも大歓迎さ。ま、坐りなさい」

「はい」

鳴海は総革張りの応接ソファに腰かけた。

花田がリモコンを使って、CDを止めた。渋い色の結城紬《ゆうきつむぎ》の着流し姿だった。

「実は折り入って、お願いがあります」

「金だな？」

「さすがですね」

「いくら必要なんだ？」

「できれば、五百万ほどお借りしたいんです」

「何か小商《こあきな》いでもする気になったのか？」

「いいえ、違います。ちょっと借りのある昔の友人の事業が傾きはじめてるんです」

「そうか」

「すぐに返済はできないと思いますが、必ず金は返します」

「五百万は出世払いで用立てよう。ただし、一つだけ条件がある」

「条件というのは？」

　鳴海は訊《き》いた。

「気が向いたら、また、おれのガードを頼みたいんだ」

「菊岡が社長に何か仕掛けてきたんですか？」

「いや、そういうわけじゃないんだ。ただ、最近の若い興行師は金儲けのことしか考えてないから、義理や人情などそっちのけでな。おれを排除したがってるのが年々、増えてるんだ。おれ自身はいつくたばってもかまわないと思ってるんだが、まだ死ぬわけにはいかない。おれがこの世から消えたら、世渡りの下手な浪曲師、漫談家、奇術師なんかが喰えなくなってしまうからな」

「わかりました。社長の条件を呑《の》みましょう」

「そうか。五百万だったな」

花田がふかふかのソファから立ち上がり、大きな耐火金庫に足を向けた。鳴海は、老興行師の背中に頭を下げた。

3

女の悲鳴が聞こえた。

花田芸能社を出たときだった。

鳴海は視線を巡らせた。十五、六メートル離れた場所で、二つの人影が揉み合っていた。

男と女だった。年恰好《としかっこう》は判然としない。痴話喧嘩だろう。

鳴海は札束の詰まったマニラ封筒を小脇に抱え、マークXに足を向けた。

そのすぐ後、豹柄《ひょうがら》のミニスカートを穿《は》いた女が鳴海の方に走ってきた。彼女は、三十四、五歳の男に追われていた。路上で揉み合っていた男女だった。

「救《たす》けて、救けてください」

女がそう言いながら、鳴海の背後に隠れた。

「どうしたんだい？」

「わたし、拉致《らち》されそうになったの。男を追っ払って！」

「わかった」

鳴海は、駆けてくる男を射竦《いすく》めた。男が立ち止まった。

「邪魔しないでくれ。その女とは、半年前まで夫婦だったんだ」

「ほんとなのか？」

鳴海は前を向いたまま、後ろの女に確かめた。

「ええ。でも、正式に協議離婚したの。だから、その男とはもう赤の他人よ。復縁を迫られてるんだけど、わたし、彼と一緒に暮らす気なんかないわ。金遣いは荒いし、浮気癖も直らなかったしね」

「そういうことだ。復縁は諦《あきら》めるんだな」

鳴海は男に言った。

「余計なこと言うなっ」

「とにかく、いったん引き取れや」

「あんた、何様のつもりなんだ。ふざけんな！」

男が怒鳴り、組手《くみて》の姿勢をとった。どうやら空手の心得があるらしい。

「後ろに退《さ》がっててくれ」

鳴海は女に声をかけ、五百万円の入ったマニラ封筒をガードレールの支柱のそばに置いた。

そのとき、男が高く跳《と》んだ。二段蹴りの構えだ。

鳴海は横に動いた。

男の蹴りは虚《むな》しく空に流れた。鳴海は、後ろ向きの男に組みつこうとした。先に男が回し蹴りを放ってきた。中段蹴りだった。

鳴海は胴を払われ、少しよろけた。

だが、倒れなかった。すぐさま体勢を整え、左のロングフックを繰り出す。体重を乗せたパンチは、男の顔面を捉《とら》えた。肉と骨が鳴った。男は突風に煽《あお》られたように横に吹っ飛び、ガードレールに後頭部をぶつけて長く呻いた。

「もう少し汗をかくかい？」

「くそっ」

「言っとくが、おれはプロの殴り屋だったんだ。救急車に乗りたかったら、かかってくるんだな」

鳴海は言った。

男はぶつくさ言いながら、のろのろと立ち上がった。次の瞬間、急に走りだした。逃げ足は速かった。

「ありがとう」

女が礼を言った。

鳴海は改めて女の顔を見た。あろうことか、美人演歌歌手の小日向《こひなた》あかりだった。テレビの歌番組で、その顔は知っていた。

「あんたは……」

「ええ、歌手の小日向あかりよ」

女が眉間《みけん》に愛くるしい笑い皺《じわ》を刻んだ。

「別れた旦那は、プロゴルファーだったと思うが」

「プロといっても、レッスンプロなの。あいつ、わたしの出演料《ギャラ》を当てにして、真面目に働こうとしなかったのよ。それで、見切りをつけちゃったの。わたし、まだ二十五だもの。いくらでも、やり直しが利《き》くでしょ？」

「ああ。家は、この近くにあるのかな？」

「ううん、自宅は神楽坂《かぐらざか》よ。お世話になってる興行師を訪ねるとこだったの」

「その興行師って、ひょっとしたら、花田さんのことかい？」

鳴海は訊いた。

「ええ、そうよ！　あなた、花田社長の知り合いなの？」

「ああ」

「へえ、そうなの。どういう知り合いなのかしら？」

「一年数カ月前まで、花田社長のボディーガードをやってたんだ」

「そうだったの。道理で強いはずだわ」

「実は少し前に花田社長に頼みごとをして、事務所から出てきたとこだったんだ」

「そうなの。わたしは、これから社長に相談に乗ってもらいたいことがあってね」

「ふうん」

「あなたとは、また、どこかで会いそうな予感がするわ」

「そう」

「演歌は好き？」

「ジャズやブルースは時たま聴くが、唸《うな》り節《ぶし》はどうも苦手なんだ」

「演歌はダサいと思われてるもんね。わたしも昔は大嫌いだったの。現にわたし、ポップス歌謡でデビューしたのよ」

「そうだったのか」

「でも、デビュー曲は一万枚しか売れなかったの。それで、レコード会社や所属事務所の意向で演歌歌手として再デビューさせられたわけ。そうしたら、いきなり十万枚も売れちゃったのよね」

「で、路線が固まったわけか」

「そうなの。あなた、お名前は？」

「鳴海、鳴海一行っていうんだ」

「飢えた狼みたいで、とっても素敵よ」

小日向あかりは色っぽく笑い、花田芸能社に足を向けた。

鳴海は札束の入ったマニラ封筒を掴み上げ、マークXに急いだ。イグニッションキーを捻《ひね》ったとき、上着の内ポケットで携帯電話が鳴った。

携帯電話を耳に当てると、麦倉の声が流れてきた。

「おれだよ、鳴やん」

「何かあったようだな？」

「二階堂組の森内組長がボクシング関係者に会って、鳴やんの昔の交友関係を洗ってるようなんだ。鳴やんの身辺に、黒い影は迫ってない？」

「いまんとこ、そういう影はちらついてねえな」

「そう。でも、少し気をつけたほうがいいぜ。おそらく森内は、鳴やんが昔のボクサー仲間のとこに行ったことを嗅《か》ぎつけるだろう」

「かもしれねえな」

「新組長は若い衆に鳴やんを取っ捕まえさせて、徹底的にヤキを入れるつもりなんだろう」

「だとしても、別に怕《こわ》かねえよ。二階堂組の若い者が襲ってきたら、逆にとことん痛めつけてやらあ」

鳴海は言った。

自分に牙を剝いた相手は、ぶちのめす主義だった。たとえ相手がかつて自分が世話になった組の者でも、手加減する気はない。

敵が殺意を示せば、迷うことなく始末することになるだろう。すでに鳴海は、何人もの暴力団員や殺し屋を葬《ほうむ》ってきた。

人を殺す快感は深い。ことに手強《てごわ》い敵を倒したときの勝利感は捨てがたい。尊大な悪人を殺すときの歓《よろこ》びも大きかった。

鳴海は殺意に駆られると、きまって父が親友を角材で撲《なぐ》り殺したときの情景を思い出す。

そして、頭のどこかでアルバート・アイラーの『精霊《ゴースト》』の旋律が響きはじめる。いわば、殺しのBGMだった。

「鳴やんが強いことはよく知ってるけど、不死身ってわけじゃないんだぜ。それに、最近は使いっ走りの組員も拳銃《チャカ》を持ってる。だから、油断は禁物だな」

「わかってるって」

「とにかく、少し気をつけたほうがいいな」

麦倉が先に電話を切った。

鳴海は終了キーをいったん押し、すぐに八木の店に電話をかけた。少し待つと、当の八木が電話口に出た。

「はい、『プチ・ビストロ』です」

「八木ちゃん、おれだよ」

「いま、どこだ？」

「急に声をひそめたな。八木ちゃん、店に二階堂組の奴らがいるんだね？」

「ああ、三人な」

「わかった。そいつらを店から叩き出してやろう」

鳴海は言った。

「こっちには来るな。三人とも血走った目をしてるんだ」

「だからって、おれは尻尾《しっぽ》なんか丸めねえぞ」

「おまえはそれでいいかもしれないが、おれたち夫婦のことも考えてくれよ。おれは三人に、おまえがここに来たことはないと答えておいたんだ。嘘ついてたことがバレたら、連中は腹いせに店をめちゃくちゃに壊すかもしれない。それから、女房におかしなことをする可能性だってある」

「それは考えられるな。八木ちゃん、勘弁してくれ。つい自分のことだけを考えちまって」

「わかってくれりゃ、それでいいんだ」

「おれはビジネスホテルに引きこもることにするよ」

「ああ、そうしてくれ」

「順序が逆になったが、八木ちゃん、金の都合がついたぜ。五百万、キャッシュで借りてきた」

「ほんとかよ⁉」

「ああ。先に渡した百万と併《あわ》せりゃ、『幸栄リース』の債務はきれいにできるよな？」

「うん、それはな。しかし、いいのか？　おまえにすぐには返せないんだぞ」

「ある人が出世払いで五百万を貸してくれたんだよ。だから、おれの返済は後回しでいいんだ」

「それじゃ、おまえの友情に甘えさせてもらおう」

「ああ、そうしてくれ。八木ちゃん、店を閉めたら、ビジネスホテルに金を取りに来てくれないか。それで、『幸栄リース』に明日、銭を叩き返してやれよ」

「鳴海、恩に着るよ。それじゃ、後でな！」

八木の声が途切れた。

鳴海は携帯電話を上着の内ポケットに突っ込み、車を発進させた。ステアリングを捌《さば》きながら、彼は自分の生き方が少しずつ変わりはじめていることに驚いた。これまで他人のために積極的に何かをしたことは一度もなかった。子供のころから、徹底して個人主義を貫いてきた。自分の生き方や思想に他人が口を挟むことを拒み、自身も他人の生活には干渉してこなかった。

妻と親友に背《そむ》かれた父の姿を目にしてから、所詮《しょせん》、人間は孤独なものだという虚無的な考えが消えなかった。裏切りの悲哀を味わいたくなくて、極力《きょくりょく》、他者とは距離を置いて交わってきた。

恋愛にも積極的になれなかった。人の心は移ろいやすい。不変の愛などあるはずがない。

ならば、女に何かを期待しても虚しいだけだ。ただ、女たちの肉体は束の間、男を酔わせ、安らがせてくれる。鳴海は、女たちにそれ以上の何かを求めたことはなかった。

だが、いまは八木夫妻のために進んで力を貸している。

この心境の変化は、いったい何なのか。

府中刑務所で模範囚を演じているうちに、偽善者になってしまったのか。そうだとしたら、自己嫌悪に陥《おちい》りそうだ。

善人ぶることほど醜《みにく》いものはない。どんな人間も、その内面にはどす黒い感情を抱えている。

憎悪、軽蔑、妬《ねた》みといった負《ふ》の感情をひた隠して、他者ににこやかに接することは一種の詐欺行為だ。狡猾《こうかつ》で、心根が卑《いや》しい。

人の目や世間体など無視して、本能の赴《おもむ》くままに生きるべきではないのか。そのため、無間地獄《むげんじごく》で悶《もだ》え苦しむことになっても仕方がない。

自分は独りで生き抜くことに疲れ、他者におもねろうとしているのか。

母や兄とは、もう十年以上も会っていない。友人らしい友人もいない。心を許せるような女とも巡り逢えなかった。

野良犬のような暮らしに倦《う》み、別の生き方を模索《もさく》しはじめているのだろうか。そこまでは自覚できなかったが、間違いなく自分の内面で何かが変わりはじめている。

渋谷の塒《ねぐら》に着いたのは、およそ二十分後だった。

鳴海はマークXをビジネスホテルの脇に駐《と》め、館内の自動販売機で缶ビールと数種のつまみを買った。

自分の部屋に引きこもり、ビールを飲みはじめる。テレビの電源を入れたが、興味をそそられるような番組は放映されていなかった。

鳴海は三本の缶ビールを空けると、ベッドに仰向けになった。退屈だったが、本格的に寝るわけにはいかなかった。

ドアがノックされたのは、午後十一時過ぎだった。

鳴海はベッドから離れ、ドア越しに問いかけた。

「八木ちゃんかい？」

「ああ」

紛《まぎ》れもなく八木の声だった。

鳴海はドアを開け、私服に着替えた八木を部屋に招き入れた。八木を椅子に坐らせ、自分はベッドの端に腰かけた。

「二階堂組の三人は？」

「十時四十分ごろ、引き揚げてったよ。明日の晩も、また店に来そうだな。鳴海、おまえは明日は店に近づかないほうがいい」

「八木ちゃんに迷惑かけちまったな」

鳴海は、二階堂組の新組長を怒らせてしまった理由を打ち明けた。

「なんだって、そう血の気が多いんだろうなあ。敵が多くなれば、それだけ世間が狭くなるってのにさ」

「森内とは、もともと反りが合わなかったんだ。奴はてめえの手は汚さねえで、要領よく生きてる。おれ、そういうタイプの人間には、なぜか反抗したくなってね」

「おれだって、他人を利用して上手に立ち回ってる野郎は好きじゃない」

八木が言った。

「そうだよな。やっぱり、八木ちゃんだ。話が合うな。チャイニーズ・マフィアが目《め》障《ざわ》りなら、森内がてめえで中国人の賭場にダイナマイトでも手榴弾《しゅりゅうだん》でも投げ込みゃいいんだ」

「おれも、そう思うよ。自分の手を汚そうとしない悪党は最低だ。森内って奴も、組長になる資格はないな」

「八木ちゃん、いいこと言うじゃねえか。なんか嬉しくなってきたぜ。おっと、肝心な物を早く渡さねえとな」

鳴海はサイドテーブルの上に置いてあるマニラ封筒を掴み上げ、八木の膝の上に載せた。

「この中に金が?」

「ああ、百万の束が五つ入ってる。確かめてくれ」

「わざわざ確かめる必要はないさ。昼間預かった分と併《あわ》せて六百万の借用証を書くよ。ちょっと待っててくれ」

「他人行儀だよ、八木ちゃん。借用証なんか書かなくたっていいって」

「けど、五十万や六十万じゃないからな」

「いいって、いいって。八木ちゃんとおれのつき合いじゃねえか」

「鳴海……」

八木が急に下を向いた。すぐに喉の奥を軋《きし》ませた。口から笑い声に似た嗚咽《おえつ》が迸《ほとばし》った。

鳴海は胸を衝《つ》かれた。

八木とは十年近いつき合いだが、泣いた姿を見たことは一度もなかった。どう反応すればいいのか。鳴海は戸惑った。

八木の肩の震えが大きくなった。泣き声は高くなる一方だった。

「ピンチとチャンスは、いつも背中合わせだ。死んじまったトレーナーの永岡のおっさんが、いつもそう言ってたよな。おれも、そう思うよ。いまの苦しさを乗り切りゃ、八木ちゃんにも運が向いてくるって」

「な、鳴海、す、すまない」

「苦しいときは、お互いさまさ」

鳴海は月並なことしか言えなかった。

八木は、ふたたび男泣きしはじめた。

鳴海は両切りのキャメルをくわえた。煙草を喫い終えるころには、八木は泣き熄《や》んでいた。

「おまえの前で、涙ぐんだりして、締まらねえよな。『幸栄リース』の金、明日、必ずきれいにするよ」

「そうしたほうがいいね。八木ちゃん、こいつを返しておこう」

鳴海はマークXの鍵《キー》を差し出した。

「よかったら、担保代わりに使ってくれ」

「そんな気を遣《つか》うなって」

「いいのか?」

「もちろんさ」

「悪いな。それじゃ、返してもらうか」

八木は車の鍵を尻ポケットに落とすと、マニラ封筒を胸に抱えた。

鳴海は意図的《いとてき》に視線を外した。八木は泣き腫《は》らした顔を見られたくないはずだ。

「奥さんにゃ金のことは黙ってたほうがいいぜ」

鳴海は、八木の背中に声をかけた。八木は生返事をし、そそくさと部屋から出ていった。

これで、一つ問題が片づいた。

鳴海はトランクス姿になり、そのまま浴室に入った。

のんびりとシャワーを浴び、テレビの深夜ニュースを観《み》はじめた。智奈美がひとりで部屋にやってきたのは、午前零時近い時刻だった。

ドアを後ろ手に閉めると、彼女は深々と頭を下げた。

「ご迷惑をかけてしまって、ごめんなさい」

「なんの話だい？」

「鳴海さんが六百万円用立ててくれたこと、主人から聞きました。サラ金から借金してると知って、とても驚きました。わたし、主人が預金を取り崩してるとばかり思ってたの」

「奥さんに余計な心配をかけたくなかったんだろうな」

「ええ、多分ね。お借りした六百万円、とてもすぐには返せないと思うの。担保もなしで、あんな大金を貸していただいて、本当に感謝してます」

「八木ちゃんは正直者だなあ。金のこと、奥さんにも内緒にしておけって言ったのに」

「六百万もの大金だから、黙ってるわけにはいかなかったんでしょうね」

「そうなのかな」

鳴海は短く応じた。智奈美が深呼吸をし、意を決したように言った。

「シャワーを使わせて」

「え？　どういうことなんだ⁉」

「鳴海さんに、お礼できるものが何もないんです。だから、せめて金利代わりに、わたしを……」

「八木ちゃんに言われて、ここに来たのか？」

「ううん、わたしの独断よ。何も言わずに、わたしを抱いてください」

「奥さんは、いい女だよ。しかし、八木ちゃんのかみさんを抱くわけにゃいかない」

「わたし、なんらかの形で感謝の気持ちを表したいの」

「その言葉だけで充分だよ。帰ってくれないか。八木ちゃんには何も言わない」

「鳴海さん、わたしに恥をかかせないで」

「帰ってくれ！　女は嫌いじゃないが、友達の女房を寝盗《ねと》るような下種《げす》野郎じゃない」

思わず鳴海は語気を荒らげてしまった。

智奈美は気圧《けお》されたように後ずさり、じきにドアの向こうに消えた。

鳴海は拳《こぶし》でドアを打ち据《す》えた。

4

顎《あご》の先から汗の雫《しずく》が落ちる。

雨垂《あまだ》れのようだった。全身、汗塗れだ。

鳴海は、腹筋運動と腕立て伏せを繰り返していた。ビジネスホテルの自分の部屋だ。

午後三時過ぎだった。

鳴海は腹筋運動をしながら、智奈美のことを考えていた。

前夜の唐突な申し出の裏には、何か魂胆《こんたん》があるのか。あるとしたら、八木との夫婦仲がしっくりいっていないのかもしれない。

——おれは、彼女に恥をかかせちまったのか。黙って智奈美を抱いてやるべきだったのだろうか。

鳴海は自問した。

たとえ夫婦仲が悪かったとしても、八木と智奈美は離婚したわけではない。事情はどうあれ、彼女と深い関係になることは人の道を踏み外すことになる。智奈美を追い返したことは間違っていなかったはずだ。

サイドテーブルの上で、携帯電話が着信音を奏《かな》ではじめた。携帯電話の番号は、麦倉と八木しか知らない。

鳴海は床から立ち上がり、携帯電話を摑み上げた。

「おれだよ」

八木だった。

「サラ金の負債、きれいにしたかい？」

「ああ、たったいまな。借用証を返してもらって、完済証明書も貰ったよ」

「よかったな」

「鳴海のおかげだよ。これで、商売に身を入れられる」

「八木ちゃん、妙なことを訊くが、奥さんとはうまくいってんだろ？」

「なんだよ、急に。智奈美がおまえに何か愚痴《ぐち》ったのか？」

「そうじゃねえんだ。八木ちゃんはきのうの晩、おれから六百万借りたってことを奥さんに話したよな？」

「ああ、話したよ。もう女房に内緒にしておけないと思ったんだ」

「そうか。八木ちゃんが奥さんに内緒でサラ金から店の運転資金を借りてたことで、夫婦仲がこじれるようなことには……」

「そんなに脆《もろ》くないよ、おれたち夫婦は。智奈美はおれを詰《なじ》るどころか、亭主にだけ苦労をかけてたとすまながってた」

「夫婦の絆がそこまで強いなら、おかしなことにはならないな」

鳴海は、ひと安心した。昨晩、智奈美が妙なことを言いだしたのは、少しでも夫の負い目を軽くしたかったからなのだろう。

「サラ金の借金ぐらいで、おれたち夫婦の関係は崩れたりしないさ」

「八木ちゃん、マジでのろけることはないだろ」

「えへへ。いま、神田にいるんだが、これから渋谷の店に出るつもりなんだ」

「そうか」

「鳴海は店に来ないほうがいいぞ。おそらく今夜も、二階堂組の奴らが現われるだろうからな」

「きょうは、ホテルの部屋にこもってるよ」

「そうしてくれ」

八木が先に電話を切った。

鳴海はタオルで顔と首の汗を拭《ぬぐ》い、椅子に腰かけて一服した。Tシャツは汗を吸って重かった。鳴海は煙草を喫い終えると、ざっとシャワーを浴びた。

衣服をまとっているとき、部屋の電話が鳴った。鳴海は受話器を取った。フロントマンが外線電話がかかっていることを告げた。

電話の主は、智奈美だった。鳴海は電話を繋いでもらった。

「お店に来たら、荒らされてたの」

智奈美が取り乱した声で告げた。

「空き巣に入られたってこと？」

「ううん、そうじゃないと思うわ。電動カッターでシャッターとドアの鍵が壊されて、什器《じゅうき》やロゴマーク入りの備品がすべて持ち去られてしまったの」

「本部が強硬手段をとったんだな」

「ええ、そうだと思うわ。主人は『幸栄リース』に出かけて、連絡がとれないの」

「少し前に、八木ちゃんから電話があったんだ。借金をきれいにしたから、これから渋谷の店に向かうってさ」

「そう。わたし、どうしていいのかわからなくて、鳴海さんに電話してしまったの。一一〇番通報すべきかしら？」

「店の物はそのままにして、待っててくれないか。とにかく、これから店に行く」

鳴海は電話を切ると、大急ぎで身繕《みづくろ》いをした。

ビジネスホテルを出て、道玄坂に急いだ。途中で使い捨てカメラを買い、八木の店まで早足で歩いた。店内に飛び込むと、智奈美はカウンターの端に坐っていた。綿ジョーゼットのワンピース姿だった。

目が合うと、智奈美が顔を赤らめた。前夜のことを思い出したのだろう。

鳴海は昨夜のことなど忘れたような顔で、店内を眺め回した。壁のあちこちに、使用禁止の貼り紙が見える。ロゴマークを剝ぎ取った跡が生々しい。

「被害の証拠写真を撮《と》っておこう」

鳴海は、封印されたレジスターに真っ先にカメラのレンズを向けた。

壁面の貼り紙や床に倒れた椅子もフィルムに収めた。むろん、壊されたシャッターやドアも撮影した。

オーナーシェフの八木が店に入ってきたのは、午後四時を少し回ったころだった。智奈美が涙声で、夫に事情を説明した。

「こんな暴挙は赦《ゆる》せないっ」

八木は怒りを露《あらわ》にして、すぐさま警察に通報した。

五分ほどすると、パトカーで渋谷署の捜査員たちが駆けつけた。

捜査員たちは八木夫妻から事情聴取した。居合わせた鳴海も、八木との関係を訊かれた。

捜査員たちは現場写真を撮り、遺留品をチェックした。だが、どこか熱が入っていない。民事絡《がら》みの事件のせいだろう。

八木は被害届を出し、加害者を窃盗、威力業務妨害、不法侵入、器物損壊罪で刑事告訴したいと捜査員たちに言った。被害届を受理したものの、警察側の対応はなんとなく消極的だった。

——警察は、八木ちゃんが『プチ・ビストロ・ジャポン』と示談にすることを望んでるんだろう。どこの国のお巡りも同じなんだろうが、奴らは本気で治安を護《まも》り抜こうなんて思っちゃいねえからな。

鳴海は八木の刑事告訴が無駄になることを危惧《きぐ》した。

一応、捜査員たちは加害者を割り出すだろう。しかし、ただちに裁判所に逮捕状を請求するとは思えない。のらりくらりと日数を稼ぎながら、加害者側に八木との和解を勧《すす》めるはずだ。

捜査員たちが引き揚げると、八木が鳴海に話しかけてきた。

「警察は頼りになりそうもないな」

「そうだね」

「こうなったら、本部に直談判《じかだんぱん》しに行く」

「八木ちゃん、おれも一緒に行くよ」

「そうか。鳴海が一緒なら、心強い。悪いが、頼む」

「いいとも」

鳴海は快諾《かいだく》した。

「わたしは、どうしたらいいの？」

智奈美が夫に指示を仰《あお》いだ。

「店の中をざっと片づけといてくれ」

「わかったわ」

「それから鍵屋を呼んで、シャッターとドアに新しい錠を取り付けてもらってくれないか」

「はい。あなた、本部の人を殴ったりしないでね。暴力沙汰を引き起こしたら、こちらが不利になるだけだから」

「わかってるよ。できるだけ冷静に話し合うつもりだ。それじゃ、行ってくる」

八木が妻に言い、先に店を出た。鳴海は八木のあとを追った。

二人は月極駐車場まで歩き、マークXに乗り込んだ。

運転席に坐ったのは、八木だった。鳴海は助手席に腰かけた。

八木は、すぐに車を出した。『プチ・ビストロ・ジャポン』の本部は飯田橋にあるらしい。

目的地に着いたのは、六時ごろだった。

本部の自社ビルは九階建てで、ＪＲ飯田橋駅の近くにあった。八木は車を本部の地下駐車場に入れた。

二人は一階の受付に回り、来意を告げた。

受付嬢は社内電話で連絡をとったが、あいにく担当の者が不在だと告げた。居留守を使われていることは明白だった。

二人は目配せして、エレベーターホールに走った。受付嬢が慌《あわ》てて追ってきた。

「お客さま、困ります。無断で社内に入らないでください」

「あんたに迷惑はかけないよ。おとなしく受付カウンターに戻ってくれ」

鳴海は受付嬢に鋭い目を向けた。受付嬢がたじろぎ、身を翻《ひるがえ》した。

「契約担当の幹部社員に捩《ね》じ込《こ》んでも、埒《らち》が明かないだろう。社長に直《じか》に抗議してやろう」

八木がエレベーターの上昇ボタンを押し、緊張した表情で言った。

「社長は、どんな奴なんだい？」

「樋口雅也《ひぐちまさや》って名で、割に押し出しがいい男だよ。四十七だったと思う」

「そう」

鳴海はプレートに目をやった。

社長室は、最上階にあった。エレベーターの扉が左右に割れた。二人は函《ケージ》に乗り込んだ。八木が⑨のボタンを押した。

エレベーターが上昇しはじめた。

八木が大きく息を吸って、ゆっくりと吐きだした。興奮を鎮《しず》めたのだろう。

エレベーターが停止した。

九階だった。鳴海たちはホールに降りた。

社長室は目の前にあった。

重厚なドアの前には、幹部社員らしい三人の男が立ちはだかっていた。受付嬢から連絡を受け、待ち受けていたらしい。

「社長に話があるんだ。どいてくれ」

八木が男たちに言った。すると、真ん中に立った四十代半《なか》ばの男が挑むような口調で応じた。

「アポはお取りになったのかな？」

「いや、アポなしだ。しかし、どうしても直談判したいことがあるんですよ。わたしは、渋谷道玄坂店のオーナーの八木という者だ」

「お引き取りください。社長は多忙なんです。アポがなければ、会わせるわけにはいきませんっ」

「邪魔だ。どけ！」

八木が喚《わめ》いて、男たちを突き倒した。倒れた男たちが相前後して起き上がり、八木に躍《おど》りかかろうとした。

「おたくら、大怪我しても知らねえぞ。おれたちは元プロボクサーなんだ」

鳴海は三人の男に言った。男たちが顔を見合わせ、社長室のドアから離れた。

八木が先に社長室に飛び込んだ。

少し遅れて、鳴海も社長室に入った。恰幅《かっぷく》のいい中年男がゴルフクラブを握って、パターの練習をしていた。

「なんだね、きみたちは？」

「渋谷道玄坂店のオーナーの八木です。樋口社長、やり方が汚いじゃないかっ」

八木が相手を詰《なじ》った。

「そちらの方は？」

「友人です」

「素人じゃなさそうだな。どこの組員なんだね？」

樋口が鳴海を見据えた。

「おれは堅気だよ。刃物も拳銃も呑んでないから、安心しろ」

「什器《じゅうき》や備品を回収させたことで文句を言いにきたらしいな」

「そうだ。あんな強引なやり方はないだろうが。本部を窃盗、威力業務妨害、不法侵入、器物破損罪で刑事告訴したからな」

八木が言った。

「一一〇番したわけか？」

「当たり前じゃないか。いずれ、渋谷署の者がここに来るはずだ」

「こちらは、別に何も困らんよ。事前にＦＣ契約の破棄を通告する内容証明を送ってあるんだ」

「確かに内容証明は受け取った。しかし、こちらは契約を解除されるような違反行為はしてないぞ」

「おたくは不勉強だな。ＦＣ契約書の条文をちゃんと読んだのかね？」

「ひと通り、目は通してるよ」

「それじゃ、自分の違反行為もわかってるはずだ」

「どんなルール違反をしたって言うんだっ」

「まあ、坐りなさい」

樋口がゴルフクラブで、応接ソファを指した。

八木と鳴海は並んでソファに腰かけた。

樋口はキャビネットに歩み寄り、分厚いファイルを取り出した。加盟店オーナーとのFC契約書が綴ってあるようだ。

「八木さん、おたくは一日の目標額を大きく割り込んでることを本部に知られたくなくて、たびたび売上高を水増ししてたね？」

「そんなことはしてない」

「嘘はいかんな。おたくからの食材注文数と売上額に不審な点があったんで、本部のベテラン社員が覆面調査をしたんだ。その結果、売上高を多めに報告してることがわかった」

「何度かそういう操作をしたことは認めますよ。しかし、本部に損失を与えたわけじゃない。それに、きちんとロイヤルティーも払ってきた」

「八木さん、何か思い違いをしてるんじゃないのかね？　ロイヤルティーを払えば、それでいいってもんじゃない。虚偽の報告によって、本部と加盟店の信頼関係を崩したんだ。違うかね？」

「……」

八木はうなだれた。

「それから、おたくはほかにもルール違反をやってた。オーナーがサラ金や信販を利用した場合は、必ず本部に報告しなければならないという規則になってたはずだ。しかし、おたくはそれも怠ったね？『幸栄リース』から、運転資金を借りたでしょ？」

「ええ。しかし、それはきょう全額返済しましたよ。報告しなければと思いつつ、つい忙しさに追われて」

「それは言い訳にならんな。おたくは、二つも契約違反をした。だから、本部としてはFC契約の解除に踏み切らざるを得なかったんだよ」

樋口が勝ち誇ったように言った。

「本部だって、オーナーを騙《だま》すようなことをしてるじゃないかっ」

「人聞きの悪いことを言わんでくれ。本部が加盟店オーナーを騙すようなことをしてるって？」

「ああ。契約前に算出された一日の予想売上額は、店舗前の通行量を数十倍に水増しして弾き出した数字じゃないか。実際にわたしの店と同じスペースで、一日に二十万も売ってるとこがあるのか？」

「いくらでもあるよ。おたくの店が繁昌しなかったのは、いろんな意味で努力が足りなかったからさ」

「夫婦で懸命に働いたよ。しかし、チンピラどもに溜まり場にされてからは、売上が落ちる一方で……」

「チーマー崩れたちをもっと早く遠ざけるべきだったね」

「一筋縄《ひとすじなわ》ではいかない奴らだったんだ。そんなに簡単に言ってほしくないな」

八木が、むっとした顔で言い返した。

会話が途切れた。

鳴海は樋口に頼んで、八木のFC契約書を見せてもらった。細かい条文に目を通すと、確かに八木は契約違反をしていた。

契約解除時の条件も、オーナーには不利になっている。さまざまな名目の違約金が科せられ、オーナーが本部に預けた保証金や成約預託金の大半は没収されるシステムになっていた。

「おたくが警察に行って、被害届を取り下げるなら、自主廃業という形をとってやってもいい。そうすれば、保証金と成約預託金の一、二割を返してやってもかまわん。併《あわ》せて二百万にはなるだろう」

「冗談じゃない。保証金と成約預託金の返還請求の民事訴訟も起こしてやる」

「民事裁判は時間と金がかかるばかりだよ。早く手を打ったほうが利口だと思うがね」

「断る。こんな理不尽なことをされて、泣き寝入りなんかできない。おれは、とことん闘うぞ」

八木が決然と言い、すっくと立ち上がった。樋口社長は八木を引き留《と》めようとしなかった。

鳴海は腰を上げ、八木の後を追った。さきほどの男たちの姿はなかった。

エレベーターに乗り込むと、八木がぽつりと言った。

「どこかで酒を飲みながら、ひとりで少し考えたいんだ。鳴海、おれの車で渋谷に戻ってくれないか」

「それはいいが、八木ちゃん、あんまり飲むなよ。自棄酒《やけざけ》は酔いが早《はえ》えからさ」

「心配するなって」

「わかったよ」

鳴海は、差し出された車の鍵を受け取った。

八木が一階で降りる。鳴海は地下駐車場まで下《くだ》り、マークXに乗り込んだ。

渋谷の店に戻ると、シャッターが下《お》りていた。新しい錠が取り付けられている。智奈美は中目黒のマンションに帰ったらしい。

鳴海は八木の車を駐車場に置き、宇田川町の居酒屋に入った。

数種の肴《さかな》を注文し、カウンターで焼酎《しょうちゅう》をロックで傾けた。いくら飲んでも、いっこうに酔えなかった。

八木は、本部とどう闘うつもりなのか。本部は刑事告訴されても、八木とのFC契約を解除するつもりだろう。

八木の契約違反は民事訴訟で不利な材料になるはずだ。腕のいい弁護士を味方につけたとしても、裁判で勝ち目はないだろう。それ以前に、彼は弁護士費用も捻出《ねんしゅつ》できないのではないか。

洋風居酒屋を畳むことになったら、八木夫妻はどうやって生きていくのか。

鳴海は自分の身の振り方も定まっていないのに、本気で二人の行く末を案じた。情けないが、いまの自分にはもう何もしてやれない。

鳴海は居酒屋からスタンドバーに河岸《かし》を移し、深夜まで酒を呷った。ビジネスホテルに戻ったのは、午前一時過ぎだった。

服を着たままベッドに横たわると、すぐに部屋の電話が鳴った。外線電話をかけてきたのは、智奈美だった。

「主人が、八木が死んだんです」

「なんだって!?　いつ、どこで死んだんだ？」

鳴海の視界から一瞬、色彩が消えた。まるでモノクロ写真を見ているようだった。

「十一時半ごろ、四谷の歩道橋の階段から転げ落ちて、首の骨を折ったらしいの。四谷署の担当係官の電話によると、主人は泥酔状態だったと言うんです。誰かが救急車を呼んでくれたという話でしたけど、すでに八木は息絶えてたそうです」

「で、八木ちゃんの遺体は？」

「四谷署に安置されてるそうです。これから、タクシーで四谷署に行くんですけど、なんだか心細くて……」

智奈美の語尾が途切れた。懸命に嗚咽《おえつ》を堪《こら》えているのだろう。

「おれもタクシーで四谷署に向かう。いや、中目黒のマンションに奥さんを迎えに行こう」

「わたしは大丈夫です。四谷署に直行してもらえますか？」

「わかった。それじゃ、警察で落ち合おう」

鳴海は受話器を置くと、そのまま部屋を走り出た。

何も考えられなかった。一刻も早く八木の変わり果てた姿を自分の目で確かめたい。

鳴海はそう思いながら、エレベーターホールまで一気に駆けた。

第三章　怪しい未亡人

1

線香の煙が立ち昇りはじめた。

鳴海は八木の遺影に合掌した。故人の住んでいたマンションの和室である。

遺骨は急ごしらえの小さな祭壇の上に置かれている。亡骸《なきがら》が荼毘《だび》に付されたのは、数時間前だった。

——八木ちゃん、小さくなっちまったな。こんなに早く別れがくるとは思わなかったぜ。心残りだろうが、安らかに眠ってくれ。

鳴海は軽く瞼を閉じ、胸奥《きょうおう》で呟いた。

一昨日《おととい》の夜、八木が歩道橋の階段から転げ落ちる瞬間を複数の人間が目撃している。そんなことから、四谷署は検視をしただけで事故死と断定した。司法解剖はもちろん、行政解剖もされなかった。

きのうの午後に遺体は四谷署から斎場のホールに搬送《はんそう》され、そこで通夜が執《と》り行われた。

淋《さび》しい通夜だった。弔問客《ちょうもんきゃく》は少なかった。

五島列島の最も小さな島で育った八木は十九歳のときに家出同然に故郷を離れて以来、身内とはつき合っていなかった。かつてのボクサー仲間やパン職人時代の同僚が数人、通夜に訪れただけだった。

北海道出身の智奈美も親類は多くない。きょうの告別式には、彼女の実兄と母親が列席したきりだ。智奈美の父親は、すでに他界している。

鳴海は祭壇から離れ、座卓に向かった。八畳の和室には、百合《ゆり》の香りが充満している。

煙草に火を点けたとき、未亡人の智奈美が茶を運んできた。白いブラウスに、下はチャコールグレイのタイトスカートだった。やつれた姿が痛々しい。

「大変だったな」

「わたしよりも、鳴海さんのほうが大変だったでしょ?」

「おれは、ただ故人のそばにいてやっただけだよ」

「それでも、どんなに心強かったか。いろいろお世話になりました」

智奈美が畳に正坐して、深く頭を下げた。

「仰々《ぎょうぎょう》しいことはやめてくれねえか。八木ちゃんは友達だったんだ。おれは、当然のことをしただけさ」

「でも、鳴海さんには六百万円も用立てていただいて……」

「あの金は、すぐに返してくれなくてもいいんだ」

「お借りした六百万円は、そう遠くない日にお返しできると思います」

「八木ちゃん、生命保険にでも入ってたのかい？」

鳴海は訊いた。

「ええ。主人はわたしのために、全日本生命の定期保険に加入してくれてたんです」

「定期保険？　おれ、生命保険には疎《うと》いんだ。どんな保険なんだい？」

「一定の保険期間内に被保険者が亡くなった場合だけに保険金が支払われるものなんです。期間は五年、十年、十五年、二十年とあるようですけど、契約者から解約の申し出がなければ、医師の診査なしで自動的に五年間契約が更新されるんです」

智奈美が説明しながら、鳴海の前に茶を置いた。

「保険には、いろんな種類があるんだな」

「ええ、そうね。一生涯を保険期間とするものは、終身保険と呼ばれてるらしいの」

「ふうん」

「主人は私を受取人にして、二千万円の定期保険をかけてくれてたんです。近々、必要な書類を揃えて、全日本生命に保険金の請求をするつもりなの。保険金が下《お》りたら、すぐに鳴海さんに六百万円をお返しします。それまでお待ちになってね」

「あの金は、あるとき払いの催促なしでいいんだ。それより、店はどうするつもりなんだい？　八木ちゃんの代わりに、おれが本部と闘ってもいいぜ」

「鳴海さんに、そこまで甘えられないわ。それに、八木はFC契約に違反することをしてたという話でしたよね？」

「ああ。その点は、八木ちゃんも認めてたよ」

「となると、民事の裁判で勝算は……」

「ないかもしれねえな。ただ、一千万円の保証金と三百万の成約預託金をそっくりペナルティーとして没収されることはないと思うぜ。ただし、決着がつくまで長い時間がかかりそうだな」

鳴海は煙草の火を消し、緑茶を啜《すす》った。

「裁判中は営業できないということになるんじゃないかしら？」

「そのへんのことはよくわからねえが、そうなる可能性もあるだろうな」

「FC契約書にはオーナーの配偶者は権利を受け継げると明記されてるんだけど、わたしひとりで店を切り盛りするのは無理だと思うの」

「おれが店を手伝ってもいいぜ」

「鳴海さんに、これ以上、迷惑はかけられないわ。わたし、お店を畳みます。死んだ主人には叱られそうだけど、とてもひとりじゃ切り盛りはできないから」

「そうか。それじゃ、少しでも多く保証金と成約預託金が戻るよう本部に掛け合ってやろう」

「よろしくお願いします」

「今後、どうするつもりなんだい？」

「気持ちが落ち着いたら、まずこのマンションを引き払うつもりです。家賃の負担も重いし、独り暮らしには広すぎるでしょ？」

「そうだな。生活のほうは、どうする気なんだい？」

「デパートのマネキンでもやろうと思ってるの。派遣《はけん》店員は身分が不安定だけど、デパートの正社員よりも収入がいいんです」

「そうか、奥さんは独身時代に丸越デパートの紳士服売り場で働いてたんだっけな？」

「ええ。それでスーツを買いに来た八木に、いきなりデートに誘われたんです」

「その話は、八木ちゃんから聞いたことがあるよ。八木ちゃんは、奥さんに一目惚《ひとめぼ》れしたとか言ってた」

「主人の押しに負けて、結局、結婚することになったの。兄と母には猛反対されたんですけどね」

「そうだったのか。八木ちゃんは不器用な生き方しかできなかったが、女性に対しては誠実な男だったと思うよ」

「ええ、その通りだったわ」

智奈美がうつむいた。悲しみが込み上げてきたのだろう。

鳴海は、また両切りキャメルに火を点けた。

智奈美にも打ち明けていなかったが、彼は八木の転落死に納得できないものを感じていた。九州男児の八木は、並外れた酒豪だった。ボクサー時代にアブサンのボトルをひとりで空けても、ほとんど乱れなかった。

一昨日、八木が強《したた》か自棄酒《やけざけ》を飲んだことは間違いないだろう。しかし、大酒飲みの彼が足を踏み外すほど酔っ払うだろうか。その点が釈然《しゃくぜん》としない。

事故当夜、故人のポケットには二軒の酒場のレシートしか入っていなかった。支払った勘定から推察すると、深酒はしていない。

その後、八木は自動販売機でカップ酒を買い求めたのだろうか。仮にカップ酒を四、五杯飲んだとしても、彼なら泥酔状態にはならないのではないか。

しかし、複数の人間が八木の転落時の姿を目撃している。証言者たちは、彼が階段を踏み外したと口を揃えているという話だった。

だとすると、やはり事故死だったのか。

鳴海はそう思いながらも、なんとなく腑《ふ》に落ちなかった。故人の首筋にあった小さな青痣《あおあざ》が引っかかってならない。

その打撲の痕は、パチンコ玉ほどの大きさだった。

八木は歩道橋の階段を下《くだ》りかけようとしたとき、ゴム弾かハンティング用強力パチンコのカタパルトで鋼鉄球《こうてつきゅう》を浴びせられたのではないのか。その衝撃で、つい体のバランスを崩してしまったとも考えられた。

四谷署の署員たちは、八木の青痣は転落時に歩道橋の階段の手摺《てすり》の突起部分にぶつけたときのものだろうと推測していた。そうだとしたら、もう少し打撲傷が大きいのではないか。

後で事故現場に行ってみよう。

鳴海は短くなった煙草を灰皿に捨て、腕時計に目をやった。あと数分で、午後五時になる。

「お腹、空いたでしょう？　いま、お鮨《すし》を出前してもらいますね。少し弔《とむら》い酒につき合ってください」

智奈美が優美に立ち上がった。

そのとき、部屋のインターフォンが鳴り響いた。智奈美が居間に走り、壁掛け式の受話器を取り上げた。

遣《や》り取《と》りは短かった。インターフォンの受話器をフックに掛けると、智奈美が和室に駆け戻ってきた。

「本部の樋口社長よ。焼香させてほしいって。それから、今後のことも相談したいと言ってるの。どうしようかしら?」

「奥さんの好きなようにしなよ」

「焼香なんかしてもらいたくない気持ちだけど、今後のことを一度話し合う必要はあるわね」

「そうだな」

「いいわ、樋口社長をお通しします」

「ああ」

鳴海は短い返事をした。

智奈美が玄関に向かった。待つほどもなく樋口が和室に入ってきた。

ひとりではなかった。五十四、五歳の銀髪の男と一緒だった。

「こちらは、うちの会社の顧問弁護士の奥寺慎治《おくでらしんじ》先生です」

樋口が鳴海に言った。

奥寺が会釈《えしやく》した。鳴海も目礼する。

二人の来訪者は、黒っぽい背広を着ていた。

智奈美が和室の隅に正坐すると、樋口は祭壇の前に腰を下ろした。これ見よがしに香典袋を供え、線香を手向《たむ》けた。奥寺弁護士は合掌しただけだった。

樋口と奥寺は座卓の向こう側に並んで坐った。

智奈美が型通りの挨拶をし、ダイニングキッチンに足を向けた。茶の用意をする気になったのだろう。

「こちらは、八木オーナーのご友人だそうです」

樋口社長が顧問弁護士に言った。奥寺は小さくうなずき、すぐに問いかけてきた。

「失礼ですが、お名前は？」

「鳴海です」

「ご職業は？」

「そこまで答える義務はないと思うがな」

「ええ、おっしゃる通りです。失礼しました」

奥寺が苦々しげに笑った。

二人分の茶を盆に載せた智奈美が和室に戻ってくるまで、三人の男は誰も口を利かなかった。気まずい空気が部屋を支配していた。

智奈美は二人の来客の前に湯呑み茶碗を置くと、鳴海のかたわらに正坐した。

「先生、お願いします」

樋口社長が弁護士の奥寺を促《うなが》した。奥寺が心得顔で切り出した。

「奥さんはご主人の遺志を継《つ》がれて、『プチ・ビストロ・ジャポン』と全面対決なさるおつもりですか？」

「そちらのお考えを先に聞かせていただけませんでしょうか。あくまでＦＣ契約は破棄したいというお考えなんですか？」

「基本的な考えは、そういうことになりますね。ただ、まったく柔軟性がないわけではありません」

「もう少し具体的におっしゃっていただけますか？」

「いいでしょう。譲るべきところは譲っても構わないと考えています」

「それじゃ、質問の答えになってないんじゃねえのかな？」

鳴海は口を挟んだ。あえて乱暴な物言《ものい》いをしたのは、先方の懐柔《かいじゅう》作戦にあっさりとは乗らないというポーズだった。

「確かに抽象的な言い方でしたね。はっきり申し上げましょう。そちらが刑事告訴を断念されるなら、保証金等の返還については善処する用意はあります」

「善処なんて言い方は、まどろっこしいな。被害届を取り下げりゃ、保証金と成約預託金はそっくり返してくれるってことかい？」

「そんなことはできない。八木オーナーは、二つも契約違反をしてるんだからな」

樋口社長が怒気を含んだ声で言った。

「どのくらい返してくれるんだい？」

「保証金は二百万、預託金を百万返還してやってもいい。併《あわ》せて三百万は、すぐにでも返してやろう」

「そんな端金《はしたがね》で泣けって言うのか。話にならねえな」

「あなたは黙っていていただきたい。和解に応じるかどうかを決めるのは、八木氏の未亡人なんです」

奥寺弁護士が鳴海の言葉を遮《さえぎ》った。鳴海は感情的になりそうになったが、ぐっと怒りを抑えた。

「いかがです？」

奥寺が智奈美を見つめた。

「さきほど提示された金額の根拠は？」

「FC契約書には、加盟店オーナーが契約事項に反した場合、平均月額ロイヤルティーの十二カ月分相当額の違約金を払わなければならないと特記されてます」

「ええ、そのことは存じてます」

「それは違約一件についてのペナルティーです。亡くなられたご主人は、二件のルール違反をしています。さらに第四十五条一項第五号にも違反し、本部の企業イメージに傷をつけました。具体的に申し上げると、先夜、通告文を読み上げた幹部社員に八木オーナーが殴りかかろうとしたことです。店の客や通行人にそのような場面を見られたら、『プチ・ビストロ・ジャポン』のイメージはダウンします。そのペナルティーとして、三百万円を本部に払わなければならないのです。そうした罰金を合計すると、実際には保証金も預託金もほとんどオーナーには戻らない計算になります」

「待ってください。先夜、本部の方たち五人が店に押しかけてきて、強引にロゴマーク入りの備品なんかを回収しようとしたことは、ルール違反にならないんですか？」

「予《あらかじ》めFC契約の解除通告を内容証明でお伝えしているはずです。つまり、法的な手続きはきちんと踏んでるわけですよ。したがって、別に問題はないということになります」

「………」

「ただ、シャッターとドアを抉《こ》じあけて店内に入り、什器や備品を回収したことは多少、強引だったかもしれません。その分を考慮して、三百万の返還で手を打っていただけないかと提案しているわけです」

「開業資金に二千五百万もかかったのに、戻ってくるお金は三百万円だけなんですか」

「ご主人に商才があれば、オープン二年ぐらいで投資したお金は回収できたと思います。しかし、赤字経営は本部の責任ではありません。オーナーの才覚次第で黒字は出せるはずなんです」

「それはそうでしょうけど」

「和解が成立しなかった場合は、刑事でも民事でも徹底的にやり合うことになります。時間と費用がかかることは、ご存じですよね？」

「ええ」

「われわれだって、できれば実りの少ない争いごとは避けたいんですよ。奥さん、ここで和解に応じたほうが賢明だと思いますがね」

「わかりました。不満は不満ですけど、仕方がありません」

智奈美が意を決した。

奥寺弁護士は顔を綻《ほころ》ばせ、書類鞄から何通かの念書を取り出した。智奈美は念書に署名捺印《なついん》し、三百万円の現金を受け取った。

樋口と奥寺は、ほどなく辞去した。智奈美は和室に戻ってくると、真っ先に言った。

「鳴海さん、この三百万をお持ちになって。残りの三百万は主人の死亡保険金が入り次第、すぐにお返ししますから」

「おれが用立てた金は、いつでもいいよ。これから何かと銭がかかるんだから、そっちに回しなって」

「いいんですか？」

「ああ」

「すみません。いま、お鮨を注文しますね」

「せっかくだが、急用を忘れてたんだ。きょうは、これで失礼する。何か困ったことがあったら、いつでも連絡してくれよ」

鳴海は智奈美に携帯電話のナンバーを教え、勢いよく立ち上がった。智奈美に見送られて部屋を出る。

鳴海はマンションの近くでタクシーを拾い、四谷に向かった。

八木が転落死した歩道橋は、新宿通りに架《か》かっている。四谷三丁目交差点から、数百メートル新宿寄りだ。

鳴海は歩道橋の近くでタクシーを降り、付近の建物を見回した。沿道にはビルが立ち並び、狙撃者が身を潜《ひそ》められそうな繁みや遮蔽物《しゃへいぶつ》はない。

八木が誰かにゴム弾かカタパルトの鋼鉄球で首を撃たれたと思ったのは、考え過ぎだったようだ。

鳴海は苦笑いし、歩道橋の階段を昇りはじめた。

階段の途中に、五十絡みの男がいた。スポーツ刈りで、やや猫背だ。男は懐中電灯の光を手摺に当てていた。

「何をしてるんです?」

鳴海は下から問いかけた。

「いや、なに……」

「何か探し物みたいですね？」

「ああ、ちょっとね」

「何を落としたんです？」

「娘が階段の途中で、コンタクトレンズを片方落としたらしいんですよ。しかし、本人が探すのはみっともないって言うんで、仕方なくわたしが代わりにね」

「コンタクトレンズを落としたのは、いつのことなんです？」

「それが、きのうらしいんだ。明るいうちから探してるんだが、いっこうに見つからなくてね。もう諦《あきら》めますよ」

男は照れ臭そうに言い、階段を一気に駆け降りていった。

鳴海は階段を昇りきった。反対側にも階段があった。

そちら側の階段の上段に狙撃者が身を潜めていて、背後から八木の首にゴム弾か何かを撃ったとは考えられないだろうか。そして、姿勢を低くして反対側の階段をそっと下《くだ》れば、誰にも目撃されずに済むのではないか。

――そういう人物がいたとしたら、そいつは八木ちゃんがこの歩道橋をよく使ってたことを事前に知ってたことになる。しかし、このあたりに八木ちゃんの行きつけの飲み屋があるという話は聞いたことねえな。おれの考えたことは、一種の妄想なんだろうか。

鳴海は歩道橋を進みはじめた。

橋の中ほどまで歩いたとき、上着の内ポケットで携帯電話が鳴った。携帯電話を耳に当てると、老興行師の声が流れてきた。

「鳴海、明日から歌謡ショーの地方巡業に同行してもらえないだろうか。おれが歌手や芸人に付き添うつもりでいたんだが、足を捻挫《ねんざ》してしまってな」

「巡業先で何かトラブルが起こりそうなんですか？」

「ああ。土地の新興やくざが自分のとこに挨拶がないって腹を立ててるという情報が入ったんだよ。無理にとは言わんが、都合がついたら、ひとつ助《ス》けてもらいたいんだ」

「わかりました。実は、いま四谷にいるんですよ。これから、社長のオフィスに向かいます」

鳴海は電話を切って、急いで歩道橋を下りた。

2

幕が上がった。

拍手が鳴り響く。

ステージには、銀ラメの舞台衣裳をまとった奇術師の中年夫婦が立っていた。

石川県七尾《ななお》市内の公会堂だ。第一部の演芸ショーは、予定通りに午後六時に開演された。

鳴海は場内を見回した。

三百人前後の入場者の中には、地元のやくざと思われる男たちは混じっていない。

今夜も何も起こらないことを祈ろう。

鳴海は最後列のシートに腰かけた。

八木の葬儀があったのは五日前だった。その翌日から、鳴海は地方巡業団に付き添っている。きのうまで、輪島《わじま》市にいた。

二週間の予定で、石川、富山、福井の三県で公演をする予定になっている。それぞれの巡業地の顔役たちには、すでに老興行師の花田が電話で挨拶をしてくれていた。

これまでは何もトラブルは発生していない。

だが、この先はわからなかった。

芸能、演芸、格闘技試合などの興行は、巡業先の有力者たちの協力がなければ仕事にならない。そのため、昔から興行師たちは巡業地の代議士、実業家、筋者《すじもの》の親分たちと日頃から親交を深めている。たいていは、それで無事に興行が打てる。

しかし、新興やくざの勢力が強い地域では、さまざまな妨害をされることがある。興行権を巡った対立で、〝荷《に》〟と呼ばれている芸人やタレントが人質にされたケースもあった。

花田の話によると、四、五年前から竜神連合会という武闘派の新組織が北陸地方でのさばりはじめているらしい。竜神連合会のバックは、大阪の最大組織だという。

ステージの上では、オーソドックスな手品が披露されている。マジシャンは空中にカラフルな傘や造花を浮かべたり、鳩やリスを使った奇術を見せたりした。

人体浮揚や人間消失といった大がかりな仕掛けは一つもなかった。しかし、年配者の目立つ客たちはそれなりに愉《たの》しんでいる様子だ。

奇術は声帯模写に引き継がれ、やがて漫談に移った。第一部のトリは浪曲だった。そのあと十分の休憩を挟んで、第二部の歌謡ショーがはじまる。前座の男性歌手と女性歌手がそれぞれ二曲ずつ歌い、小日向あかりが大トリを務めるという構成になっていた。

浪曲がはじまると、鳴海は楽屋に回った。

スター演歌歌手の小日向あかりだけが個室を与えられている。鳴海は、あかりの楽屋のドアをノックした。

「はーい」

ドア越しに、付き人の女性の応答があった。綾子《あやこ》という名で、二十七、八歳だ。

鳴海は名乗った。

綾子がドアを開け、垂れ目を和《なご》ませた。

「別に変わったことはないね？」

「はい」

「おれは楽屋の出入口のとこに立ってるから、少しでも妙なことがあったら、すぐに教えてほしいんだ」

鳴海は言いながら、奥を見やった。

美人演歌歌手は姿見に全身を映していた。いかにも高価そうな総絞《そうしぼ》りの着物をまとい、髪をアップに結《ゆ》い上げている。白い項《うなじ》が美しい。

「悪いけど、ちょっと席を外してくれない？　鳴海さんに話があるの」

あかりが付き人に言った。鏡を覗き込んだままだった。

綾子がすぐに楽屋から出ていった。鳴海は入れ代わりに、八畳ほどの広さの専用楽屋に入った。

二畳分だけ畳が敷かれ、そこに小日向あかりの洋服やトラベルバッグが置いてあった。

「どう？」

あかりが振り向いて、小首を傾《かし》げた。

「きれいだね」

「どっちが？　顔？　それとも、着物のほう？」

「両方とも、きれいだよ」

「ありがとう。やっぱり、あなたと会えたわね」

「そうだな」

「なんだか愛想がないのね。わたしみたいな女は、好みのタイプじゃないんだ？」

「若い女は、すべて好きだよ」

「うふっ、正直ね。奥さんは？」

「独身なんだ」

「でも、彼女はいるんでしょ？」

「決まった女はいない」

「ほんとに？」

「ああ」

「それなら、今夜、二人だけで飲まない？」

「何を考えてるんだ？」

鳴海は訊いた。

「そんなに警戒しないでよ。わたし、あなたを独り占めにしようなんて考えてないわ。ただ、もっと鳴海さんのことを知りたいだけ」

「そうか」

「いいでしょ？」

「考えておこう」

「あら、ずいぶん二枚目ぶるのね」

「別に気取ったわけじゃない」

「もしかしたら、恋の駆け引きってやつ？　恋愛って、先に相手を好きになったほうが負けだもんね」

「そうなのか。本気で女に惚れたことがないから、おれにはよくわからねえな」

「一度も本気で恋愛をしたことがないの⁉」

「うん、まあ」

「それって、不幸なことよ」

あかりが言った。

「そうかな」

「絶対に、そうよ。恋愛こそ、活力源なんじゃない？　恋をしてるから、生きてる歓《よろこ》びを味わえるんだと思うわ」

「そういう人間もいるだろうな」

「あなた、どこか屈折《くっせつ》してるのね。それはそうと、ほんとに一緒に飲みましょうよ。ね？」

「おれでよければ、つき合うよ。それより、出番の準備は？」

「いつでも出られるわ」

「それじゃ、客をせいぜい楽しませてくれ」

鳴海は言い置き、あかりの専用楽屋を出た。一般楽屋の前を通り、ステージの袖の近くにたたずむ。

六十過ぎの浪曲師が名調子で唸っていた。客席に不穏《ふおん》な動きはない。

鳴海は廊下の喫煙コーナーの椅子に腰かけ、両切りキャメルに火を点けた。

巡業の一行は今夜、七尾西湾に面した和倉《わくら》温泉のホテルに泊まることになっていた。

小日向あかりの部屋は、一泊八万円のデラックス・スイートだった。前座歌手、演芸家、楽団員たちは安い部屋を振り当てられていた。

花田は、鳴海に五万円の部屋をとれと言ってくれた。しかし、鳴海は簡素なシングルルームを選んだ。

寝られるスペースがあれば、それで充分だった。老興行師には五百万円も借りている。その上、贅沢《ぜいたく》をするのは心苦しかった。

第一部が終わったのは、ちょうど七時だった。

鳴海は立ち上がり、ステージを覗いた。幕は下《お》りている。バンドのメンバーが、おのおのの楽器のチューニングをしていた。

二人の前座歌手は、早くも舞台の袖に控えていた。

最初に歌うことになっている女性歌手は、もう三十歳近い。大手のレコード会社からシングルCDを二枚出しているが、どちらも売れなかった。それで、自分よりも年齢の若い小日向あかりの前座を務めているわけだ。

二番目にステージに立つ男性歌手は、津軽三味線の弾き語りを売り物にしている。三十代の後半だ。

元民謡歌手だけあって、声には張りがある。太棹《ふとざお》の撥捌《ばちさば》きも鮮やかだ。だが、見てくれが冴《さ》えない。小男で、猿のような面相《めんそう》をしている。スター性は、まったくなかった。

──二人とも早いとこ見切りをつけたほうがいいと思うんだが、なかなか芸能界から脱けられねえんだろうな。

鳴海は思った。

芸能界で〝営業〟と呼ばれている地方巡業やキャンペーンは辛さもあるが、旨味《うまみ》も味わえる。

たとえ一曲でもヒット曲のある歌手なら、それ相応の出演料を稼げる。超大物歌手が地方のホテルのディナーショーに出演すれば、ワンステージ四、五百万円になる。

過去に一曲でもヒットを飛ばしていれば、ワンステージで最低数十万円の出演料は貰える。前座歌手にしても、五、六万円は稼げる。労働単価は決して悪くない。

また、余禄《よろく》もある。地方の名士や顔役たちに個人的に料亭や高級レストランに招かれ、祝儀の類《たぐい》を貰うケースが少なくない。むろん、その分は税務署に申告しなくても済む。

テレビや大劇場で見かけなくなった芸能人たちが意外にリッチなのは地方巡業に励み、名士や顔役に小遣いを貰っているからだ。個人の結婚式や各種の催し物にゲスト出演しているタレントもいる。

——人には、人の生き方がある。だいたい風来坊《ふうらいぼう》のおれが売れない歌手たちのことをとやかく言えねえよな。

鳴海は自分に言って、会場内の警備に当たりはじめた。

二人の前座歌手が歌い終わると、スター歌手の小日向あかりがステージに登場した。

あかりは、盛大な拍手で迎えられた。

一曲目は、彼女の最大のヒット曲だった。一段と拍手が大きくなった。

あかりは一礼すると、情感たっぷりに歌いはじめた。小節を利《き》かせ、実に気持ちよさそうに歌う。

眉根《まゆね》を寄せた表情には、ぞくりとするほどの色気があった。真紅の唇の動きも妖《あや》しい。

——あかりはベッドでクライマックスに達したとき、あんな顔になるんだろうな。

鳴海は舌嘗《したな》めずりした。

その直後だった。会場の後方のドアが乱暴に開けられ、爆竹《ばくちく》が投げ込まれた。けたたましい炸裂音が響き、場内が騒然となった。バックバンドの演奏が中断され、あかりはステージの中央で立ち竦《すく》んでしまった。

「みなさん、落ち着いて！　立たないでください。何も心配はありませんから」

鳴海は客たちに大声で言い、公会堂のロビーに出た。ちょうどチンピラふうの男が受付係の青年を蹴倒し、正面玄関から表に飛び出そうとしていた。

鳴海は、逃げる男を追った。二十代半《なか》ばのずんぐりとした男は、公会堂の駐車場に向かって駆けている。

鳴海は猛然と走り、男に体当たりした。

男は前のめりに倒れた。鳴海は走り寄って、相手の脇腹を蹴った。男が手脚《てあし》を縮め、野太《のぶと》く唸った。

「竜神連合会だなっ」

鳴海は顔全体に凄みを拡《ひろ》げた。

男は答えようとしない。逃げ出すチャンスをうかがっている様子だった。

――こんなチンピラにパンチを使うのは、もったいねえ。

鳴海は無言で男を蹴りまくった。

場所は選ばなかった。頭から脹《ふく》ら脛《はぎ》まで蹴りつけた。男は毬《まり》のように砂利の上を転がった。

「もう一度訊く。てめえは竜神連合会の者だな？」

「そ、そうだよ」

「仲間はどこに隠れてやがるんだっ」

「おれひとりで来たんだ」

「てめえに、それだけの度胸があるとは思えねえな」

「ほんとだよ」

「兄貴分に言っとけ。これ以上くだらねえことをしやがったら、竜神連合会の事務所にダイナマイトを投げ込むってな」

鳴海は言うなり、男の腰を蹴った。

そのとき、背後で車のエンジン音が高く響いた。体ごと振り返ると、無灯火の黒いワンボックスカーが迫っていた。

十メートルも離れていない。

鳴海は駐車中の車の間に走り入った。ワンボックスカーは目の前を走り抜け、ずんぐりとした男の横に急停止した。

逃げる気らしい。

鳴海は走路に出た。

爆竹を投げた男は仲間のワンボックスカーに乗り込んだ。鳴海は走った。

だが、追いつかなかった。無灯火のワンボックスカーは表通りに出ると、フルスピードで走り去った。

鳴海は公会堂の中に戻った。

ステージでは、あかりが何事もなかったような顔で歌っていた。客たちも落ち着きを取り戻したように見える。

鳴海は、ひとまず安堵《あんど》した。

第二部が終了するまで、場内を巡回しつづけた。

客たちが帰りはじめたころ、鳴海は楽屋に回った。第一部の出演者たちは、すでにホテルに引き揚げていた。

一般楽屋から前座歌手やバンドマンたちが次々に現われ、ホテルの送迎バスに乗り込む。楽屋裏には、黒塗りのハイヤーが待機していた。

少し待つと、専用楽屋からミニ丈《たけ》の白いワンピースを着た小日向あかりが出てきた。

その後から、衣裳バッグを提げた付き人が現われた。

「さっきの爆竹は誰の仕業《しわざ》だったの？」

あかりが問いかけてきた。

「地元の小僧のいたずらだよ」

「ほんとに？　もしかしたら、竜神連合会の厭《いや》がらせなんじゃない？」

「いや、そうじゃなかったんだ。さ、ホテルに戻ろう」

鳴海は美人演歌歌手を急《せ》かし、ハイヤーに乗せた。自分も彼女の横に乗り込んだ。付き人の綾子は、ホテルの送迎バスに乗った。

和倉温泉街までは、わずか七キロしか離れていない。

「地元の飲み屋さんもいいんだけど、なんか落ち着いて飲めないのよね」

走るタクシーの中で、あかりが言った。

「有名人だからな」

「それほどでもないけど、ちょっとは顔を知られてるから、居合わせたファンに握手を求められたり、サインをねだられたりするの」

「それじゃ、落ち着かないよな」

「ええ、そうなの。ホテル内のバーも似たようなものね。いっそのこと、わたしの部屋で乾杯しない？　ね、そうしよう？」

「おれは、どこでもかまわないよ」

鳴海はそう言い、口を噤《つぐ》んだ。運転手に聞かれることを恐れたのである。

ホテルに到着するまで、あかりもほとんど喋らなかった。

二人はハイヤーを降りると、十五階のデラックス・スイートに直行した。居間付きで、奥の寝室は二十畳以上あった。

あかりがルームサービスで、ブランデーとオードブルを頼んだ。鳴海たちはソファに坐り、ブランデーを傾けはじめた。

あかりは鳴海を潤《うる》んだような目で見つめながら、ブランデーをハイピッチで飲んだ。オードブルには、ほとんど手をつけようとしない。

「少し何か腹に入れないと、酔っ払うぜ」

「いいのよ。早く酔いたいんだから」

「そうかい」

二人の会話は弾まなかった。

あかりはブランデーを三杯空けると、おもむろに立ち上がった。

「わたし、少し酔ったみたい」

「大丈夫か？」

「ええ、煙草を取ってくるわ」

「キャメルでよけりゃ、喫《す》えよ」

鳴海は言った。

あかりが謎めいた微笑を浮かべ、奥の寝室に消えた。十分近く経《た》っても、彼女は戻ってこない。

「酔って気持ちが悪いのか？」

「ううん」

「煙草が見つからないのかい？」

「ねえ、こっちに来て」

「どうしたっていうんだ？」

鳴海はソファから立ち上がり、寝室に歩《ほ》を運んだ。

あかりがベッドに横たわっていた。一糸もまとっていない。洒落《しゃれ》たデザインの照明は、煌々《こうこう》と灯っていた。

「抱いてほしいの。だって、三カ月以上も男っ気なしだったんだもん」

あかりが甘やかな声で言った。

鳴海は返事の代わりに、手早く服を脱ぎ捨てた。素っ裸になり、静かに胸を重ねた。

あかりが、すぐに唇を重ねてきた。噛みつくようなキスだった。

二人は濃厚なくちづけを交わしながら、体をまさぐり合った。美人演歌歌手の胸はさほど大きくないが、感度は良好だった。

乳首を抓《つま》んだだけで、顎をのけ反らせた。秘めやかな亀裂を指でなぞると、早くも濡れそぼっていた。

あかりは鳴海の逞《たくま》しい体を愛《いと》おしげに撫で回し、性器を握り込んだ。

ペニスが膨らむと、彼女のしなやかな指は先端部分を集中的に刺激しはじめた。指の動きに無駄《ロス》はなかった。

やがて、二人は性器を舐め合う姿勢をとった。たっぷり口唇愛撫を施《ほどこ》し合ってから、鳴海はあかりの中に分け入った。構造はAランクだった。

二人は獣のように熱く交わった。

あかりは幾度も猥《みだ》りがわしい声を洩《も》らし、狂ったように腰をくねらせた。鳴海は体位を変えるたびに、ベッド・パートナーを沸点《ふってん》に押し上げた。

そのつど、あかりはリズミカルに裸身を震わせた。呻き声と唸り声を交互に発しながら、乱れに乱れた。

鳴海も堪《こら》えていたエネルギーを放出した。

体を離すと、あかりは眠りに溶け込んだ。

鳴海は静かに寝室を出て、シャワーを浴びた。それから部屋を出て、二階のバーに入った。

飲み足りなかったのだ。鳴海はカウンターの端に坐り、バーボン・ロックを啜りはじめた。ウイスキーはブッカーズだった。

仄暗《ほのぐら》いテーブル席には、幾組かのカップルがいた。

ビル・エヴァンスのナンバーが低く流れていた。

二杯目のロックを飲み干したとき、バーに一組のカップルが入ってきた。男は四十年配だった。

鳴海は連れの女の顔を見て、危うく声をあげそうになった。なんと八木智奈美だった。

智奈美は鳴海に気づくと、ひどく狼狽した。

鳴海は意識的に智奈美に声をかけなかった。智奈美が連れの男に何か耳打ちした。男が小さくうなずく。二人は、あたふたとバーから出ていった。

「すぐに戻ってくるよ」

鳴海はバーテンダーに声をかけ、智奈美たちを追った。

二人はホテルの螺旋《らせん》階段を下《くだ》り、フロントに向かっていた。鳴海は吹き抜けの二階ホールから一階ロビーを見下ろした。

智奈美たち二人はフロントで部屋の鍵《キー》を受け取ると、エレベーターホールに向かった。

鳴海は二人が函《ケージ》に乗り込んだのを見届けてから、一階ロビーに降りた。フロントには、五十歳前後のホテルマンが立っていた。

「いま、部屋の鍵を受け取ったのは、東京の五井物産の鈴木実さんでしょ？」

鳴海は鎌をかけた。

「いいえ、違います」

「そんなはずないな。あれは、絶対に鈴木さんだった」

「あのお客さまは……」

フロントマンが言いかけて、慌《あわ》てて口を押さえた。鳴海は一万円札を小さく折り畳み、フロントマンに握らせた。

「実は調査関係の仕事をしてるんだ。さっきの男の名前と勤務先を教えてくれないか」

「こ、困ります。そういうことは漏らしてはいけない規則になってるんです」

「そう堅いこと言わないで、教えてくれよ。おたくに迷惑はかけないからさ」

「こ、このお金、しまってください」

フロントマンが一万円札を握りしめたまま、うろたえはじめた。鳴海はカウンターから少し離れた。

「協力してくれねえと、総支配人に告げ口するぜ」

「告げ口って、どういう意味なんです？」

「あんた、さっき、おれに『一万円くれりゃ、デリヘル嬢を部屋に呼んでやる』って言ったじゃねえか」

「わ、わたしがそんなことを言うわけないじゃありませんかっ」

「総支配人は、どっちの言葉を信じるかね？」

「当然、わたしを信じてくれるでしょう」

「さあ、それはどうかな。あんたとおれには、なんの利害もない。そんな客があんたを陥《おとしい》れるとは誰も思わねえだろう。となれば、総支配人は客の話を信じるんじゃねえのか？」

「そ、そんな！」

「総支配人を呼んでくれ」

「ま、待ってください。それは困ります。妙な疑いを持たれて、リストラの対象にされたら、かないませんから」

「だったら、早く一万円札をポケットに入れて、さっきの男のことを教えてくれよ」

「あのお客さまは、第三生命目黒営業所所長の二村孝政《にむらたかまさ》さまです。お年齢《とし》は四十三歳です」

フロントマンが伏し目がちに答えた。

「連れの女は？」

「宿泊者カードには、妻と書かれていました」

「二人の部屋は何号室なんだい？」

「一〇〇六号室です」

「十階だな？」

「ええ、そうです。お客さま、館内で問題を起こさないでくださいね」

「わかってるよ」

鳴海はフロントに背を向け、螺旋《らせん》階段を昇りはじめた。

いったい、どういうことなのか。夫が死んだばかりだというのに、なぜ智奈美は二村という男と温泉場に来たのか。頭が混乱して、考えがまとまらなかった。

3

頭がすっきりしない。

生欠伸《なまあくび》も出る。寝不足だった。

鳴海はシングルベッドに腰かけ、紫煙をくゆらせていた。五〇七号室だ。

前夜、鳴海は智奈美が二村という男と引きこもった一〇〇六号室を何度も訪ねようと思った。

しかし、そのたびに思い留《とど》まった。

智奈美がかなり前から二村と不倫の仲だったとしても、自分にそのことを咎《とが》める資格はない。夫だった八木は、すでにこの世を去っている。

しかし、何かが引っかかる。

鳴海は短くなった煙草を灰皿の底で捻《ひね》り潰した。

八木の告別式のあった日、智奈美は夫が二千万円の定期保険をかけていたことを明かした。その保険会社は、全日本生命だったはずだ。

仮に智奈美が二村と深い関係だったとすれば、夫の生命保険は第三生命のほうにかけるのではないか。

不倫相手が営業所長や支社長という役職にあれば、生命保険金を請求する際《さい》に便宜《べんぎ》を図ってもらうことも可能だ。死亡保険金の請求権は被保険者が死亡してから丸三年間あるが、通常、保険金受取人は一、二カ月のうちに保険会社に連絡する。

当然のことながら、保険会社は提出された書類を厳重にチェックする。

被保険者が契約してから一年以内に自殺した場合は、死亡保険金は支払われない。

死亡保険金受取人が故意に被保険者を死なせた場合も同様だ。

犯罪に関係している懸念《けねん》のある契約については、ことに審査が厳しい。本社の調査部や審査部が念入りにチェックする。

ただ、盲点もある。保険金受取人から提出された支払い請求書は、担当の営業職員と直属の上司が所轄の警察署や病院に確認を取りながらチェックし、営業所長か支社長に目を通してもらう。

その段階で何も起こらなければ、本社のチェックは形式的なものになる。つまり、それだけ営業所長や支社長は本社から信頼されているわけだ。

逆に言えば、そのことを悪用し、営業所長や支社長クラスの人間なら、保険金請求書類に何らかの操作もできる。支払い日を早めることは可能だろうし、極端な場合は契約金そのものを増やすこともできるだろう。

そうしたことを考えると、智奈美は夫の生命保険を第三生命にかけたほうがはるかにメリットがあるはずだ。

なぜ、そうしなかったのか。

死んだ八木が妻には内緒で全日本生命の定期保険に加入したのだろうか。そうなら、別に問題はない。

しかし、八木が第三生命の保険にも入っていたとなると、少し智奈美と二村の関係が気になってくる。二人が共謀して、八木が歩道橋の階段から転落するように仕組んだ疑いも出てくるからだ。

八木の首の青痣《あおあざ》がゴム弾か鋼鉄球による打撲傷だとしたら、〝未必《みひつ》の殺人〟になるのではないのか。八木が第三生命の生命保険に加入していたかどうか調べる方法はないのか。

顔の広い麦倉なら、保険専門の調査員を知っているかもしれない。

鳴海は腕時計を見た。午前九時十七分過ぎだった。

携帯電話を使って、麦倉の自宅に連絡してみる。しかし、ディスプレイに圏外の表示が出て、電話は繋がらなかった。

鳴海は部屋の電話機に歩み寄った。ダイレクトに外線電話をかけられる機種だった。

少し待つと、麦倉が受話器を取った。寝ぼけ声だった。

「麦さん、まだベッドの中だったのか？」

「うん、まあ。珍しく早い時間に電話してきたね。ドサ回り、退屈なんだな。けど、我慢しなよ。東京にいるより、ずっと安全なんだからさ」

「二階堂組の奴ら、まだおれを捜し回ってやがるのか？」

「森内は、なんか意地になってるみたいだぜ」

「しつこい野郎だ。暇になったら、こっちから出向いて、森内を殴り殺してやる！」

鳴海は吼《ほ》えた。

「ばかなことは考えるなって。そんなことしたら、刑務所に逆戻りじゃないか」

「しかし、森内ごときに怯《おび》えて逃げ回ってると思われるのも癪《しゃく》じゃねえか」

「そう思いたい奴には思わせておけよ。それより、何か急用なんだろう？」

「麦さん、保険調査員に知り合いはいない？」

「ひとりいるよ。おれと同い年の桑原《くわばら》って男が『東京保険リサーチ』って調査会社に勤めてる」

「その保険調査員なら、八木正則が第三生命の生命保険に入ってたかどうか調べられるよな？」

「調べられると思うよ、その程度のことは」

「ついでに桑原って知り合いに、八木が全日本生命の定期保険に加入していたかどうかをチェックしてもらってくれないか。保険金は二千万だよ」

「鳴やん、八木って友達は誰かに殺《や》られたの？」

「そういうわけじゃねえんだけど、ちょっと確認しておきてえんだ」

「そうか。桑原に連絡して、さっそく調べさせるよ」

「よろしく頼む。携帯、繋がらないかもしれないから、このホテルの電話番号を教えておくよ。明後日《あさって》の昼まで、ここにいる予定なんだ」

「待ってくれ。いま、メモの用意をするから」

　麦倉の声が途切れた。

　鳴海は少し待ち、ホテルの代表番号と部屋番号を教えた。

「メモったよ。それはそうと、鳴やんが羨《うらや》ましいぜ。一日中、小日向あかりのそばにいられるんだから。あかりは色っぽいもんなあ。おれが鳴やんなら、絶対に夜這《よば》いかけちゃうね」

「夜這いとは、ずいぶん古臭い言い方だな。八十、九十の爺さんじゃなきゃ、そんな言葉は使わないいんじゃねえのか？」

「ああ、多分ね。でも、夜這いって語感がいいじゃない？　なんとなく情緒があってさ。犯すとか強姦なんて言葉は即物的で、味気ないよ」

「そうだな」

「鳴やん、あかりに迫ってみなよ。離婚したって話だから、案外あっさり落とせるかもしれないぜ」

麦倉がそう言い、好色そうに笑った。

鳴海は調子を合わせておいた。きのうの晩、あかりと熱く抱き合ったことを打ち明けたら、情報屋はどんな反応を示すだろうか。

一瞬、前夜の情事を話したい衝動に駆られた。しかし、秘めごとを他人に漏らすのは無粋だ。ルール違反でもある。

電話を切ると、鳴海は部屋を出た。

一〇〇六号室の様子を見に行く気になったのだ。エレベーターで十階に上がり、智奈美と二村が泊まった部屋に近づく。

一〇〇六号室のドアは開いていた。

室内を覗き込むと、ルーム係の女性が毛布カバーを剝《は》がしていた。智奈美たち二人は、チェックアウトしてしまったのだろう。

鳴海はエレベーターホールに戻り、一階に降りた。フロントには、昨夜の五十男が立っていた。

「二村という男と連れは、いつチェックアウトしたんだい？」

鳴海はフロントマンに低く問いかけた。

「九時五分ごろです」

「二人はどこに行くと言ってた？」

「能登半島の珠洲岬《すずみさき》にはどう行けばいいのかと訊かれました。それでわたしは、能登鉄道で終点の蛸島《たこじま》まで行って、そこからバスかタクシーで珠洲岬に行くコースがポピュラーだと申し上げました」

「そうか。二村という男が偽名を使ってる可能性もあるな」

「いいえ、それはございません。と申しますのは、きのう、二村さまは当ホテルのレンタカーをご利用になったんです。そのとき、運転免許証をご呈示いただきましたので」

フロントマンが言った。

鳴海は礼を述べて、フロントを離れた。

一階奥のグリルに向かいかけたとき、ホテルの表玄関から付き人の綾子が駆け込んできた。蒼《あお》ざめた顔だった。

鳴海は綾子に駆け寄った。

「何かあったんだな?」

「は、はい。すぐそこの海岸道路で、小日向あかりが暴力団員ふうの男たちに無理矢理黒いワンボックスカーに乗せられて、つ、つ、連れ去られたんです。わたしたち、朝食を摂《と》った後、浜辺を散歩してたんですよ。その帰りに、あかりだけ男たちに拉致《らち》されたの」

「男たちは何人だった?」

「三人です。車を降りてきたのは二人だけで、ドライバーはずっと運転席に坐ってました」

「車のナンバーは?」

「金沢ナンバーでした。でも、数字は頭が3だったことしか憶《おぼ》えてません。鳴海さん、早く警察に連絡しないと……」

「その前に花田社長に小日向あかりが拉致されたことを報《しら》せないとな。あんたは、自分の部屋で待機しててくれ。それから、あかりが何者かに誘拐されたことは巡業の一行には黙っててほしいんだ」

「わかりました」

　綾子が大きくうなずいた。

　鳴海は急いで自分の部屋に戻り、東京の花田に電話をかけた。経過を話し終えると、老興行師が真っ先に言った。

「おそらく、竜神連合会の仕業だろう」

「単なる厭がらせじゃないでしょう。敵は小日向あかりを人質に取って、それ相応の挨拶料を要求してくるつもりなんだと思います」

「それだけじゃないかもしれんな」

「まさか身代金まで出せとは言ってこないでしょ？」

「ああ、それはね。あかりを連れ去ったのが竜神連合会だとしたら、うちが巡業のたびに世話になってる北陸小鉄会《ほくりくこてつかい》と手を切れと迫るつもりなんだろう」

「要するに、竜神連合会は自分たちに興行の用心棒《ケツモチ》をさせろってわけですね？」

　鳴海は確かめた。

「そういうことなんだろう」

「要求はなんであれ、突っ撥《ぱ》ねたほうがいいですね。少しでも甘い顔を見せたら、敵は図に乗ります」

「そうなんだが、こっちは大事な荷を人質に取られてるからな。北陸小鉄会の会長に相談してみよう。おっ、キャッチホンだ。鳴海、そのまま待っててくれ」

花田の声に代わって、『エリーゼのために』のメロディーが流れてきた。鳴海は椅子に腰かけ、煙草をくわえた。

ちょうど一服し終えたとき、老興行師の声が耳に届いた。

「いま、竜神連合会の小杉勇《こすぎいさむ》会長から電話があった。やっぱり、手下の者たちが小日向あかりを拉致したらしい。あかりを乗せた黒いワンボックスカーは現在、七尾街道を走行中だそうだ。金沢市安江町にある連合会本部に監禁するつもりだと言ってた」

「で、敵の要求は？」

「おれの思った通りだったよ。小杉は北陸小鉄会と縁を切って、竜神連合会に北陸での巡業のお守りをさせろと言ってきた。一日のみかじめ料は、五百万だと吹っかけてきたよ。北陸小鉄会や警察に泣きついたら、あかりを慰み者にしてから切り刻んでやると……」

「社長は、どう返事をしたんです？」

「一時間ほど考えさせてくれと答えておいた」

「どうされるおつもりなんです？」

「何十年も世話になった北陸小鉄会に矢を向けるようなことはできんよ」

「さすがは花田社長だ」

「そこで相談なんだが、鳴海、あかりを救い出して竜神連合会を叩いてくれんか。三千万の成功報酬を出す。もちろん、単身で敵陣に乗り込めとは言わんよ。北陸小鉄会の野町鶴吉《のまちつるきち》会長に頼んで、兵隊と武器《ドウグ》を借りるつもりだ」

「助っ人は、ひとりで結構です。その代わり、消音型の短機関銃《サブマシンガン》、手榴弾《しゅりゅうだん》、逆鉤《ユニバーサル・フック》付きロープを借りてください。予備のガソリンもお願いします」

「わかった。すぐに野町会長の自宅に電話をしてみる。後で、こちらから連絡するよ」

「待ってます」

鳴海は電話を切った。

あかりはワンボックスカーの中で怯え戦《おのの》いているにちがいない。戯《たわむ》れに抱いた女だったが、いつしか見殺しにはできない気持ちになっていた。

──待ってろ。必ず救い出してやる。

鳴海は美人演歌歌手の整った顔を頭に思い描きながら、胸に誓った。

花田から電話がかかってきたのは、およそ十五分後だった。

「野町会長は、必要な物はすべて用意してくれるそうだ。それから、一時間以内に御《み》影徹《かげとおる》という男を鳴海の部屋に行かせると言ってた」

「どんな男なんです?」

「野町会長のボディーガードで、陸上自衛隊員崩れらしい。数種の格闘技を心得てて、射撃術にも長《た》けてるそうだ。鳴海より一つ若いという話だったな」

「そうですか。コンビを組むには、ちょうどいい奴だな」

「鳴海、命《タマ》奪《と》られそうになったら、迷わずに逃げろ。小日向あかりも大事だが、鳴海はもっと失いたくないからな」

「うまくやりますよ」

鳴海は電話を切った。ベッドに仰向けになって、時間を遣《や》り過ごす。

部屋のドアがノックされたのは、十時半ごろだった。

鳴海はベッドから起きあがり、ドアを開けた。

どこかピューマを想《おも》わせるような顔つきの男が立っていた。長身だった。百八十五、六センチはあるだろう。

「北陸小鉄会の御影です。鳴海さんですね?」

「そうだ。よろしくな」

鳴海は手を差し出した。御影が強く握り返してきた。

握手を解《と》くと、二人は地下駐車場まで下《くだ》った。御影が乗ってきた車は、白のアストロハイルーフ・コンバージョンだった。米国製の四輪駆動車で、ロングボディー仕様だ。

　御影が運転席に入って、エンジンを始動させた。鳴海は助手席に坐った。

「後ろの座席の大型トランクの中に、ヘッケラー&コッホ社製のＭＰ５ＳＤ６が入ってます」

　御影が言った。

「ドイツ製のサイレンサー付きサブマシンガンか。スペアの弾倉クリップは？」

「三本用意してあります。一応、拳銃も入れときました。グロック17です」

「手榴弾《パイナップル》は？」

「四個あります。逆鉤付きのロープは、座席の下です。長さは二十五メートルです。革手袋とフェイスキャップも用意しておきました」

「そうか。そっちの武器は？」

「シグＰ228を持ってます。サイレンサーは上着の内ポケットの中です。ガソリンタンクは最後列の横に置いてあります」

「よし、車を出してくれ」

　鳴海は命じた。

　アストロハイルーフが走りだした。ホテルを出ると、七尾駅方面に向かった。駅の少し先を右折し、七尾街道に入る。国道一五九号線だ。

「ここから金沢までは、約六十五キロです。道路が渋滞してなければ、五十分前後で市内に入れるはずです」

御影が言った。

「あんた、富山の高岡市から来たんだよな？」

「ええ、そうです。北陸小鉄会の本部事務所に寄ってから、七尾市に……」

「野町会長の番犬やってるんだって？」

「はい」

「おれも番犬稼業だよ、フリーだがな。いまは、花田社長に雇われてんだ」

「らしいですね」

「陸自、どうしてやめたんだい？」

「上官が気に喰《く》わなかったんです。で、ぶん殴っちまったんですよ」

「そいつは、いい話だ」

鳴海は高く笑った。

御影が釣られて顔面を綻《ほころ》ばせた。浅黒い顔に、白い歯が零《こぼ》れた。

「竜神連合会の小杉って会長は、どんな野郎なんだい？」

「狂犬みたいな野郎です。小杉は何十万人にひとりしかいないと言われてる無痛症なんですよ」

「痛感を覚えない体質なんだな？」

「ええ、そういう話です。煉瓦《れんが》で頭をぶっ叩かれて血だらけになっても、にたにた笑ってるらしいんですよ。元は金沢の香林坊《こうりんぼう》のチンピラだったらしいんですが、不死身だという伝説が広まって、武闘派やくざが小杉の許《もと》に集まったという話です」

「竜神連合会の構成員は？」

「石川、福井、富山の三県を併《あわ》せても二千人弱です。ですが、連中の後ろには大阪の阪和侠友会《はんわきょうゆうかい》が……」

「そうだってな」

「ですから、北陸で暴れ放題で、北陸小鉄《うち》会も苦り切ってたんですよ。ちょうどいい機会です。小杉たちをぶっ潰してやりましょう」

「正攻法じゃ、返り討ちにされかねねえ。敵の牙城《がじょう》を何度も偵察してから、隙を衝《つ》こう」

「そうですね」

「あんた、女房《バシタ》はいるのか？」

「いや、独身です。鳴海さんは？」

「そっちと同じだよ。女は寝るだけで充分だ。誰とも一緒に暮らす気はねえな」

「同感です」

「相棒、気が合うんじゃねえか」

二人はまた笑った。

車が金沢市内に入ったのは、十一時二十分ごろだった。竜神連合会の本部ビルは、金沢駅から六、七百メートル離れた表通りにあった。

六階建てのビルの表玄関には、監視カメラが四台も設置されていた。

道路側の窓は、すべて厚い鉄板で覆われている。弾除《たまよ》けだ。

「どっかで昼飯を喰《く》いながら、作戦を練ろうじゃねえか」

鳴海は言った。

御影が黙ってうなずき、アストロハイルーフを金沢一の繁華街である香林坊に向けた。

4

焦《あせ》りが募《つの》った。

突入のチャンスは、いっこうに訪れない。いつしか夕闇が漂いはじめていた。

鳴海たち二人は、竜神連合会の本部ビルに隣接する雑居ビルの非常階段の踊り場に身を潜《ひそ》めていた。五階だった。

ビルとビルの間は、三メートル弱しか離れていない。竜神連合会本部ビルの屋上の鉄柵に逆鉤《ユニバーサル・フック》を引っ掛ければ、すぐにも敵の牙城に乗り込める。

しかし、明るいうちは動くに動けなかった。周《まわ》りの建物の中にいる者だけでなく、敵にも姿を見られる恐れがあった。

鳴海は正午過ぎから一時間置きに花田に電話をかけ、小杉への回答を引き延ばしてもらっていた。

竜神連合会の会長はさすがに焦《じ》れたらしく、午後七時がタイムリミットだと宣言したという。それまでに決着をつけないと、人質の命は危うくなる。

いまは、六時十九分過ぎだ。もう四十一分しかない。

小日向あかりは、四階の一室に閉じ込められている。ランジェリーだけにされていた。逃亡を防ぐために、そうさせられたのだろう。

あかりのそばには、二人の見張りがいた。男たちは時々あかりの体を舐めるように眺め、下卑《げび》た笑いを浮かべた。ソファに浅く腰かけた美人演歌歌手は虚《うつ》ろな目で床の一点を見つめていた。さんざん泣き喚《わめ》き、憔悴《しょうすい》してしまったのだろう。

小杉会長は最上階の六階にいる。大きな両袖机に片肘をつき、苛立《いらだ》たしげに葉巻をふかしていた。会長室には、ほかに人影はない。

両袖机と向かい合う位置に、大型モニターが四台並んでいる。表玄関前やエレベーターホールの様子が映し出されていた。

小杉は猪首《いくび》で、いかにも凶暴そうな面構《つらがま》えだ。頭髪は短い。

本部内には、三十人前後の構成員がいた。公会堂に爆竹を投げ込んだ若い男の姿は見当たらない。女は、ひとりもいなかった。

「そろそろ作戦を開始しますか」

御影が言った。彼は本部の表玄関に手榴弾を投げ込み、送電線を撃ってから車で逃げる段取りになっていた。

「よし、やろう」

「打ち合わせ通りに、香林坊の中央公園の裏で待ってます」

「わかった。一時間待っても、おれと人質が現われなかったら、あんたはすぐに金沢を離れてくれ」

「鳴海さんが失敗《ドジ》ることはないでしょう。ずっと待ってますよ」

「そっちの気持ちは嬉しいが、一時間経《た》ったら、さっさと消えてくれ。他人《ひと》に借りをこさえたくないんでな」

「漢《おとこ》ですね」

「からかうんじゃねえや」

「また会いましょう」

「そうだな。健闘を祈る」

鳴海は御影の分厚い肩を叩いた。

御影が大きくうなずき、非常扉の向こうに消えた。

鳴海は黒色のフェイスキャップを被《かぶ》り、黒革の手袋を嵌《は》めた。

消音型短機関銃をたすき掛けにし、米陸軍の個人装備ベストの八つのポウチを手で押さえる。四個の手榴弾とサブマシンガンの予備弾倉が収まっていることを確認した。

グロック17は、腰のベルトの下に差し込んであった。複列式弾倉には、十七発の実包が詰まっている。

鳴海はユニバーサル・フック付きのロープの束を手にして、踊り場の手摺《てすり》いっぱいまで寄った。

数分過ぎると、竜神連合会の本部ビルの前で凄まじい炸裂音が轟《とどろ》いた。赤い閃光《せんこう》が走り、ガラスの砕ける音がした。

間を置かずに、今度は幾度か銃声が響いた。

送電線が火花を放ちながら、途中でぶっ千切れた。ほとんど同時に、本部ビルの電灯が一斉に消えた。

本部ビルの中で幾つもの男たちの声が重なった。怒号も聞こえた。

ビルの斜め前あたりで、タイヤが鋭く鳴った。御影がアストロハイルーフ・コンバージョンを急発進させたのだろう。

「殴《カチ》り込《コ》み《ミ》だ、殴《カチ》り込《コ》み《ミ》だ！」

「ぶっ殺せ」

木刀や散弾銃を手にした男たちが口々に叫びながら、本部ビルから次々に飛び出してきた。消火器を抱えている者もいた。

誰もが表通りの左右を窺うだけで、鳴海の存在には気がつかない。

鳴海は逆鉤《ユニバーサル・フック》を手首で回しはじめた。

勢いがつくと、すぐさま投げ放った。ユニバーサル・フックは、首尾《しゅび》よく本部ビルの屋上の鉄柵を噛んだ。鳴海は踊り場の手摺を跨《また》ぎ、ロープを張った。逆鉤は、しっかり鉄柵に引っ掛かっている。

鳴海はジャンプした。

すぐに本部ビルの外壁が迫った。片足で振幅を抑え、両手でロープをよじ登りはじめた。屋上に這い上がると、逆鉤付きのロープを手早く束ねた。

それを目に触れない場所に隠し、サイレンサー付きの短機関銃を構えた。鳴海は中腰で、給水タンクに走り寄った。

ドアはロックされていた。

鳴海はヘッケラー&コッホ社製のＭＰ５ＳＤ６で、ドア・ノブを弾き飛ばした。本部ビルの中は真っ暗だった。

　鳴海は階段を静かに降り、会長室に近づいた。

　会長室の前には、懐中電灯を持った男が立っている。右手に段平《だんびら》を持っていた。鍔《つば》のない日本刀だ。

「騒ぐと、ミンチにしちまうぞ」

　鳴海は、男にサブマシンガンを向けた。

　男が息を呑《の》み、段平を足許に置いた。鳴海は懐中電灯をベルトの下に突っ込み、男に低く問いかけた。

「小杉は会長室だなっ」

「ああ。あんた、何者なんだ？」

　男が震え声で訊いた。

　鳴海は薄く笑って、男に会長室のドアを開けさせた。

「おい、まだ電気は点かねえのか」

「会長、おかしな奴が忍び込んでたんです」

　男が小杉に訴えた。

　鳴海は男の腰を蹴りつけ、会長室に躍《おど》り込んだ。小杉は机のそばに立っていた。机の上では、キャンドルの炎が揺れている。

「てめえ、誰なんだ⁉」

「小杉だな？」

「ああ。北陸小鉄会だなっ」

「おれは、ただの番犬さ。小日向あかりを迎えにきた」

鳴海は言うなり、段平を持っていた男の頭部に九ミリ弾を撃ち込んだ。男は棒のように倒れた。声ひとつあげなかった。

「てめえ、何しやがるんだっ」

小杉が息巻いた。

「あんたにも、二、三発浴びせてやろうか。痛みを感じねえ体らしいから、どうってことねえだろうが」

「てめえ、いい度胸してるじゃねえか。ここから生きて帰れると思ってんのか」

「田舎の地回りは、脅し文句も垢抜《あかぬ》けねえな」

「な、なめやがって」

「一緒に四階まで降りてもらおうか」

「こ、このおれを弾除《たまよ》けにするつもりなのかっ。ふざけんじゃねえ」

「遊んでる時間はねえんだ」

鳴海はサブマシンガンの引き金《トリガー》を絞った。

発射音は小さい。空気の洩れるような音がしただけだ。放った銃弾は、小杉の右腕に命中した。二の腕の部分だ。

小杉が横に転がった。だが、すぐに起き上がる。

「痛くねえぞ。ちっとも痛くねえや。もっと撃ちやがれ！」

小杉が怒鳴りながら、立ち向かってきた。

鳴海は二弾目を見舞った。狙ったのは、左の肩口だった。小杉が、ふたたび床に倒れた。

「おれに協力する気がねえなら、それでもいいさ。弾除けは、てめえだけじゃねえからな」

「くそっ」

「念仏を唱《とな》えな。いま、顔面を吹っ飛ばしてやらあ」

鳴海は消音器を小杉の顔に近づけた。

小杉がサイレンサーを払いのけ、のろくさと立ち上がった。鳴海は小杉の体を探《さぐ》った。武器は何も持っていなかった。

「歩け！」

鳴海は消音器の先端で、小杉の背中を小突いた。小杉が歩きだす。

二人は会長室を出て、階段を下《くだ》った。五階の廊下には、三人の男がいた。

鳴海は小杉を楯《たて》にしながら、男たちを撃ち殺した。男たちの呻き声と絶叫を聞きつけ、四階から幾つかの影が走ってきた。

「てめえら、逆《さか》らうんじゃねえ。おとなしくしてろ」

小杉が若い衆をなだめた。

鳴海は小杉を短機関銃で威嚇《いかく》しながら、階段を降りきった。あかりのいる部屋に入ると、二人の見張りが躍りかかってくる気配を見せた。ランタンが灯っていた。

「小杉を殺《や》っちまってもいいのかっ」

鳴海は声を張った。見張りの男たちが舌打ちして、少し退《さ》がった。

「その声は鳴海さんね？」

ランジェリー姿のあかりが椅子から立ち上がった。

「そう、おれだよ。早く服を着ろ」

「どこから入ったの？」

鳴海は急《せ》かした。

「話は後だ。急いで服を着るんだっ」

あかりが長袖のブラウスとチノパンツを身にまとった。

鳴海は小日向あかりを廊下に出すと、小杉たち七人の男を壁の前に立たせた。

セレクターを全自動《フルオート》に入れ、扇撃《ファンニング》ちしはじめた。男たちは順番に倒れた。狙ったのは頭部だった。

濃い血臭が鼻腔を撲《う》つ。硝煙も厚く立ち込めていた。

「全員、撃ち殺しちゃったの⁉」

あかりが驚きの声をあげた。

「どいつも屑《くず》ばかりだ。生かしておいても、なんの役にも立たねえからな」

「だけど、人殺しは危《ヤバ》いんじゃない？」

「気にすることはねえさ。おれから離れるなよ」

鳴海はリリース・ボタンを押し、空になったバナナ型の弾倉クリップを捨てた。すぐに予備のマガジンを叩き込む。

鳴海は背中の後ろに小日向あかりを庇いながら、三階まで降りた。すると、奥の一室からリボルバーを手にした男が飛び出してきた。

「屈《かが》め！」

鳴海は演歌歌手に言って、十発ほど連射した。腕に伝わる反動《キック》が快い。

敵の男は声をあげ、廊下で奇妙なダンスを披露した。倒れると、今度は二階から数人の男が階段を駆け上がってきた。

鳴海は振り向きざまに、掃射しはじめた。男たちは相次《あいつ》いで被弾し、階段から逆さまに転げ落ちていった。

「あなた、クレイジーだわ」

「そうかもしれねえな」

鳴海はあかりの手を取って、二階に駆け降りた。敵の姿はなかった。

二人は一階に降りた。

広い玄関ホールには、コンクリートの塊《かたまり》が転がっていた。やはり、人の姿はなかった。鳴海はフェイスキャップを取り、ベストも脱いだ。上着でサブマシンガンを包み隠し、本部ビルを出る。

大勢の野次馬が群れていた。遠くで、パトカーのサイレンが鳴っている。

「顔を隠して歩け」

鳴海はあかりに耳打ちし、すぐさま裏通りに走った。あかりの手を引きながら、幾度も路地を曲がった。

誰も追ってこない。鳴海は裏道を選びながら、御影の待つ場所に急いだ。

「わたしが誘拐されたこと、どうして鳴海さんが知ったわけ？」

あかりが小走りになりながら、荒い息遣いで訊いた。鳴海は経緯《いきさつ》を手短に話した。

「そうだったの。もし警察で事情聴取されても、あなたのことは絶対に喋らないわ」

「そう願いたいね」

「このまま走って逃げるの？」

「いや、香林坊の中央公園で相棒がおれたちを拾ってくれることになってるんだ」

「相棒？」

「北陸小鉄会の野町会長のボディーガードをやってる御影って男さ。花田社長が野町会長に頼んで、そいつを助っ人に付けてくれたんだ」

「そうだったの」

二人は休み休み香林坊をめざした。
十五、六分で、中央公園の裏通りに達した。御影が目敏《めざと》く鳴海たち二人を見つけ、アストロハイルーフを滑らせてきた。
鳴海とあかりは、二列目のシートに並んで腰かけた。

「こっちの用心棒さんも素敵な男性ね」

あかりが御影に熱い眼差《まなざ》しを向けた。御影は軽く聞き流し、鳴海に話しかけてきた。

「小杉はどうされました？」

「子分ともども始末してきた。会長の小杉がいなくなりゃ、竜神連合会の結束は崩れるんじゃねえか」

「ええ、多分ね。後始末は、北陸小鉄会に任せてください」

「よろしく頼まあ」

鳴海は言って、両切りのキャメルをくわえた。

御影が車を走らせはじめた。

和倉温泉のホテルに着いたのは八時前だった。予定されていた公演は中止になり、すでに入場料の払い戻しを済ませたという。

鳴海は小日向あかりをデラックス・スイートに落ち着かせると、自分の部屋から花田に事の経過を電話で報告した。

「ありがとう。心から礼を言うよ。もちろん、約束した成功報酬は払う」

「三千万は貰い過ぎです。せっかくですから、一千万だけいただくことにします。先日の五百万円を差っ引いてくださって結構です」

「いいのかね、それで？」

「ええ。花田社長、このまま巡業を続行するのは少々、危険だと思います。竜神連合会が何か仕返しをする気になるかもしれませんからね」

「そうだな。地元の協力者たちには迷惑をかけることになるが、残りの公演はすべて延期させてもらおう」

「そのほうがいいと思います」

「さっそく関係各位に謝罪文をファックスで流すよ。明日、荷と一緒に東京に戻ってくれないか」

「わかりました」

「今夜はゆっくりと寝《やす》んでくれ」

老興行師が電話を切った。鳴海も受話器を置いた。

数秒後、電話が着信音を奏《かな》ではじめた。受話器を取ると、麦倉の声が響いてきた。

「ついさっき、保険調査員の桑原から連絡が入ったんだ」

「で、どうだったって？」

「全日本生命の定期保険加入者リストの中に、八木正則の名はなかったらしいぜ」

「そんなはずねえな。八木の奥さんが二千万円の保険に入ってると言ったんだ」

「プロの桑原がリストの名を見落とすはずはないよ。もちろん、嘘をつく必要もないやね？」

「そうだな」

「桑原の情報によると、第三生命目黒営業所がおととい、本社に八木正則の保険金支払い請求の書類を回してたっていうんだよ。その保険額は一億五千万円で、保険金受取人は八木智奈美になってるそうだ。ただ、奇妙なことに、その書類は審査部を素通りして、何とかって重役に直《じか》に届けられたらしいんだよ」

「その話は初耳だな」

「一億五千万の保険だと、保険料の支払いも大変だったと思うよ。鳴やんの昔のボクサー仲間は愛妻家だったんだろう。洋風居酒屋の経営がどんなに苦しくても、かみさんのために、保険料だけはせっせと払い込んでたようだな」

「そうなんだろうか」

鳴海は何か釈然としないものを感じていた。

なぜ智奈美は、加入もしていない全日本生命の定期保険のことをわざわざ話したのか。しかも、もっともらしく二千万円という額まで打ち明けた。

そのくせ、第三生命の高額生命保険のことは一言も触れなかった。何か疚《やま》しさがあるのかもしれない。

智奈美は不倫相手の二村孝政に唆《そそのか》されて、夫の八木に強引に一億五千万円の保険をかけさせたのだろうか。そして彼女は二村とつるんで、八木を転落死に見せかけて巧みに葬ったのか。

そう疑えなくもない。推測通りだとしたら、智奈美は救いようのない悪女だ。

「何か思い当たるようなことでもあるのか?」

麦倉が問いかけてきた。

「いや、ちょっと別のことを考えてたんだよ」

「ひでえな」

「麦さん、おれ、明日、東京に戻ることになったんだ。ある事情から、地方公演は延期になったんだよ」

「ふうん」

「それから、思いがけないことで少しまとまった銭が入ることになってんだ。だから、回してもらった百万、近いうちに返すよ」

「そいつはありがたい。ちょっとカッコつけて鳴やんに百万回してやったけど、実はあれが全財産だったたんでね」

「そうだったのか。それじゃ、なるべく早く返してやらねえとな」

「ひとつ頼むよ。そりゃそうと、小日向あかりをコマして、まとまった銭を引っ張り出そうってんじゃないだろうな？」

「麦さん、怒るぜ。おれが女を喰いものにするような男に見えるかよっ」

「冗談さ。東京に帰ってきたら、電話くれよな」

「ああ」

鳴海は受話器を置いた。

そのとき、脳裏に智奈美の顔が明滅した。美しい未亡人は何か陰謀を秘めているのか。

少し探《さぐ》りを入れてみる必要がありそうだ。

鳴海は、ひとり掛けソファに坐り込んだ。

第四章　邪悪な陰謀

1

老興行師が朝刊を差し出した。

鳴海は新聞を受け取り、社会面を開いた。花田芸能社の社長室だ。

地方巡業の一行とともに七尾市から帰京したばかりだった。鳴海は小日向あかりを広尾のマンションに送り、花田の自宅兼オフィスを訪ねたのである。

竜神連合会本部での事件は、セカンド記事になっていた。

小杉会長を含め、十数人の者が射殺されたことが報じられている。本部の玄関に手榴弾が投げ込まれたことも書かれていたが、犯人については一行も触《ふ》れていない。

――逃げるとき、おれとあかりは大勢の野次馬に顔を見られた。しかし、警察《サツ》は目撃証言だけじゃ、犯人《ホシ》を限定できなかったんだろう。

鳴海は、ひと安心した。

だが、捜査の手が自分に伸びてこないとも限らない。小日向あかりが竜神連合会本部に監禁されていたことは、時間の問題で警察に知られるだろう。そうなったら、捜査線上に自分の名が挙がるにちがいない。

「そのうち、捜査の手がおれに伸びてくるかもしれませんね」

「おれの知り合いのセカンドハウスにしばらく隠れてるといい。セカンドハウスといっても、天現寺《てんげんじ》の分譲マンションの一室なんだがね」

「そういう隠《かく》れ家《が》があるとありがたいな」

「部屋の鍵を預かってるんだ。後で、運転手にそのマンションに送らせよう」

「お手数をかけます。ところで、北陸小鉄会の御影のことが心配なんですが、あの男はどうしてます?」

「野町会長の話によると、御影という男は昨夜《ゆうべ》のうちに大阪に出て、今朝《けさ》の一番機でマニラに飛んだらしい」

「ほとぼりが冷めるまで、フィリピンに潜伏するわけですね?」

「そういうことだ」

「竜神連合会の残党どもの動きは、どうなんでしょう?」

「いまのところ、北陸小鉄会に何か仕掛けてくる様子はないそうだ。会長の小杉が死んだんで、まとまりがつかないんだろう」

「そうなのかもしれませんね」

「鳴海、よくやってくれたな。改めて礼を言うよ。ありがとう」

応接ソファに坐った花田が背筋を伸ばし、深く頭を下げた。きょうは、背広姿だった。

「おれは番犬として、小日向あかりを奪い返したかっただけです。そんなふうに改まって礼を言われると、弱っちまうな」

「竜神連合会にひと泡吹かせてやれたのは、鳴海のおかげだよ。本当に感謝してるんだ」

「なんか照れ臭いな」

鳴海は煙草に火を点けた。

「ところで、巡業中にあかりと何かあったのかね？」

「何かと言いますと？」

「どうも彼女は、そっちに惚れたようだな。きのうの晩、和倉温泉のホテルから電話してきたんだが、鳴海のことを騎士《ナイト》のように言ってた。それはそれは、大変な誉《ほ》め方だったぜ」

「おれが彼女を救い出してやったんで、感謝してくれてるんでしょう。小日向あかりとの間に特別なことは何もありませんよ」

「そうかね。たとえ何かがあったとしても、大人同士なんだ。おれが、とやかく言う気はないよ。そうそう、成功報酬を受け取ってくれ」

花田がそう言い、かたわらのソファの上に置いてある茶封筒を摑《つか》み上げた。中には、百万円の束が十個入っていた。

「先日借りた五百万を差っ引いてほしいと言ったはずですが」

「こないだの金は、出所祝いとして受け取っといてくれ」

「いいえ、それはまずいですよ。借金は借金です。半分だけ貰います」

鳴海は茶封筒から五つの札束を取り出し、コーヒーテーブルの上に積み上げた。

「律儀《りちぎ》な奴だ」

「当然のことです」

「わかった。貸した金は確かに返してもらった。それはそうと、中途半端な時間だが、どこかで一緒に飯を喰《く》うかね？」

花田が言った。

鳴海は腕時計を見た。午後四時五分過ぎだった。

「あまり腹は空いてないんです。できたら、天現寺の隠れ家に……」

「そうするか」

「わがままを言って、すみません」

「なあに、いいんだ。気にせんでくれ」

花田が立ち上がり、執務机に歩み寄った。内線電話をかけ、お抱え運転手に短く何か指示を与えた。

鳴海は喫《す》いさしの煙草の火を揉み消した。

花田が机の引き出しからキーホルダーを取り出し、ソファセットのある場所に戻ってきた。

「これが天現寺のマンションの鍵だ」

「その部屋のオーナーは、花田社長とはどういったお知り合いなんです？」

「名前は明かせないが、ある大物芸人が愛人との密会に使ってた部屋なんだ。その女性は元赤坂の芸者で、大手製紙会社の会長に囲われてたんだよ。大物芸人は半年以上も前に肺癌で入院して、その部屋はずっと使われてないんだ。彼はセカンドハウスのことを家族には内緒にしてたんで、おれが鍵を預かったというわけさ」

「そういうことだったんですか」

「月に二度、ハウスクリーニング業者に部屋の掃除をしてもらってるから、埃《ほこり》だらけということはないだろう。部屋は２ＬＤＫなんだ。生活に必要な物はひと通り揃《そろ》ってるから、当分の間、隠れ家として使ってくれ」

「そうさせてもらいます」

「運転手に車を玄関前に回すよう言っといたよ」

「何から何までお世話をかけてしまって」

鳴海は五百万円の入った茶封筒を手にし、社長室を出た。

一階に降りると、お抱え運転手が待っていた。旧型のメルセデス・ベンツで天現寺に向かう。目的のマンションは、天現寺交差点の近くにあった。十一階建てだった。

鳴海は九〇五号室に入った。

室内は割にきれいだった。ただ、冷蔵庫の中には何も入っていない。シンクも乾いている。

鳴海は部屋の中をざっと点検し、情報屋の麦倉に電話をかけた。すぐに麦倉が受話器を取った。

「東京に戻ってきたようだな？」

「ああ、少し前にな。麦さん、借りた銭を返すよ」

「いま、どこから電話してるんだい？」

「天現寺のマンションにいるんだ」

鳴海は経緯《いきさつ》をかいつまんで話し、マンション名と部屋番号を教えた。

「外で落ち合うのは避けたほうがいいだろう。二階堂組の連中が、まだ鳴やんを血《ち》眼《まなこ》になって捜してるからな」

「麦さん、ここに来ねえか？　他人《ひと》のマンションだけどさ」

「オーケー、これから天現寺に向かうよ」

麦倉が電話を切った。

鳴海はふと思い立って、死んだ八木の自宅マンションに電話をしてみた。だが、電話はすでに使われていなかった。

智奈美は落ち着いたら、借りているマンションを引き払うと言っていた。早くも、もうどこかに引っ越したのだろうか。

転居を急いだのは、和倉温泉のホテルで偶然に顔を合わせたからなのか。智奈美は第三生命の二村との関係を知られたくなくて、逃げるように自宅マンションを引き払ったのだろうか。

ひょっとしたら、彼女は道玄坂の店の片づけをしているのかもしれない。

鳴海は、八木が経営していた洋風居酒屋に電話をかけてみた。呼び出し音が虚《むな》しく響くだけで、先方の受話器は外れない。

鳴海は諦《あきら》め、居間のテレビの電源を入れた。

リモコンを手にして、ソファに腰かける。幾度かチャンネルを替えると、ニュースを流している局があった。

ＪＲの電車事故のニュースが終わると、画面に見覚えのある五十男の顔写真が映し出された。先夜、四谷の歩道橋の階段で短い会話を交わした人物だ。

「きょうの午後二時過ぎ、品川区大崎の路上で轢《ひ》き逃げ事件がありました」

男性のアナウンサーがいったん言葉を切り、すぐに言い継いだ。

「歩行中に後ろから来た四輪駆動車に撥《は》ねられたのは、品川区豊町《ゆたかちょう》の平沼満夫《ひらぬまみつお》さん、五十一歳です。平沼さんは頭を強く打ち、運び込まれた救急病院で亡くなりました。逃走した四輪駆動車は、数日前に都内の路上で盗まれたものでした。平沼さんが四谷署に勤務していたことから、警察では職務絡《がら》みの犯行の可能性があるという見方を強めています。そのほか詳しいことは、まだわかっていません」

画面が変わった。

鳴海はテレビのスイッチを切った。歩道橋で見かけた平沼という男が警察官だったと知り、八木の死と何か関わりがあるのではないかと直感した。

平沼は娘が落としたコンタクトレンズを探していると言っていたが、それはとっさに思いついた嘘だったのだろう。彼は階段の手摺の突起部分に懐中電灯の光を当てていた。

平沼がコンタクトレンズを探していたのだとしたら、ステップに目を凝《こ》らしていたはずだ。彼は八木の転落死に他殺の疑いがあると睨《にら》んでいたのではないか。

轢き逃げは偶発的な事件ではなく、計画的な犯行だったと考えられる。

智奈美と一緒に八木の遺体を確認したとき、平沼の顔は見かけなかった。八木の事故死の処理に関わっていなかったのだろう。

しかし、平沼は八木の事故死には何か納得できないものを感じていたのではないか。そして、職務を離れたときに密かに事故の状況を調べてみる気になったにちがいない。

——平沼ってお巡りが殺されたのは、八木ちゃんが誰かに手をかけられたという裏付《ウラ》けを固めたからなんだろう。

鳴海は確信を深めた。

麦倉が部屋にやってきたのは、六時過ぎだった。両手にスーパーのビニール袋を提《さ》げている。

「鳴やんのことだから、歯ブラシ一本買ってないと思って、日用雑貨を適当に買ってきてやったよ。それから、酒とつまみもな」

「そいつはありがてえ」

鳴海は二つのビニール袋を受け取り、麦倉を居間に導いた。

「いいマンションじゃないか。ビジネスホテルを泊まり歩くより、ずっといいよ」

「そうだな」

「家賃や光熱費を払わなくてもいいんだから、最高じゃないか」

麦倉は室内を眺め回してから、ソファに腰かけた。鳴海は、まず借りていた百万円を麦倉に返した。

「鳴やん、大丈夫なのか？　なんだったら、半分返してくれりゃいいって」

「いや、全額返すよ。それから、こいつはほんの気持ちだ」

「ちょっと待った！　利息代わりに、色をつけるなんて言い出すなよ」

「おれの気持ちだから、黙って十万受け取ってくれや」

「水臭いこと言うなって。鳴やんとおれの仲じゃないか。礼とか利息なんて必要ないって。困ったときはお互いさまさ」

麦倉は、頑《かたく》なに謝礼の十万円を受け取ろうとしなかった。

鳴海は友情に甘えることにした。麦倉がスーパーの袋から、サントリーの山崎と数種のつまみを取り出す。

「とりあえず、軽く飲もう」

「いいね」

鳴海はダイニングキッチンの食器棚から、二つのグラスを取り出した。

二人はウイスキーをストレートで飲みはじめた。すでにミックスナッツ、棒チーズ、裂き烏賊《いか》の袋の封は切られていた。

鳴海は頃合を見計らって、四谷署の平沼が何者かに轢き殺されたことを話した。麦倉は、その事件のことを知らなかった。

鳴海は、八木が転落した現場で平沼を見かけたことも喋った。さらに彼は、自分の推測も語った。

「おれ、その平沼ってお巡りのことを少し調べてやるよ。四谷署に知り合いの刑事が何人かいるんだ」

「そうかい。しかし、同僚の刑事たちが平沼って男のことをどこまで話してくれるかね。それに、おそらく轢き殺された平沼は職場のみんなには覚《さと》られないよう、こっそり八木の死の真相を調べてたんじゃねえのかな?」

「そうなら、遺族に探《さぐ》りを入れてみるよ。平沼って奴、かみさんには何か話してたかもしれないからな」

「そうだな。麦さん、ひとつ頼むぜ」

「ああ、任せてくれ」

麦倉が胸を叩いてみせた。

二人は取り留《と》めのない話をしながら、酒を酌《く》み交わした。ボトルが空になったのを汐《しお》に、情報屋は腰を上げた。八時半ごろだった。

鳴海は少し酔いを醒《さ》ましてから、部屋を出た。

交差点の近くまで歩き、タクシーで八木の自宅マンションに向かう。

六〇六号室のインターフォンを鳴らしても、なんの応答もなかった。ドアはロックされていた。

鳴海はドアに耳を押し当てた。

人のいる気配は感じられない。メーターボックスを開け、電気の針を見る。回転式のメーターは静止していた。

メーターボックスを閉めたとき、隣の六〇五号室から三十代の太った女が姿を現わした。

「ちょっと伺います。隣の八木さんは引っ越されたんですか？」

鳴海は女に訊いた。

「ええ、そうみたいですよ。きのうの午後、リサイクルショップの人たちが家財道具を運び出してたから」

「引っ越し業者が家財道具を運び出したんじゃないんですね？」

「ええ。リサイクルショップの店名入りのトラックが駐車場に駐《と》めてあったから、間違いないわ」

「八木の奥さんは立ち会ってました？」

「ううん、いなかったわね。引っ越しの挨拶もなかったの。ちょっと非常識よね？」

「このマンションを管理してるのは？」

「駅前の明光不動産よ。失礼だけど、あなた、八木さんとはどういうお知り合いなの？」

女が訊いた。

「友人だったんです」

「なら、奥さんもご存じだったんでしょ？」

「ええ」

「常識や礼儀を弁《わきま》えた方《かた》だったのに、黙って引っ越したのは何か事情があったのかしらねえ。あなたにも何もおっしゃらなかったわけでしょ？」

「ええ。妙なことを訊きますが、八木が生きてたころ、夫婦仲はどうでした？」

「仲は良かったみたいよ。少なくとも、派手な夫婦喧嘩なんかしたことなかったんじゃないかな？」

「そうですか。駅前の不動産屋に行ってみます。奥さんの転居先がわかるかもしれませんからね」

「もう営業時間を過ぎてるから、店には誰もいないんじゃないかしら？　いつも八時にはシャッターが閉まるの」

「行くだけ行ってみますよ。どうも！」

鳴海は片手を挙げ、エレベーターホールに足を向けた。

張り込んで、三時間が過ぎた。

全身の筋肉が強張《こわば》りはじめた。腰も少々痛い。同じ姿勢で坐っているせいだろう。

鳴海はアリストのフロントガラス越しに、斜め前にある第三生命目黒営業所に視線を向けていた。

午後五時過ぎだった。数十分前からセールスレディーたちが、相次いで営業所に吸い込まれていった。

――所長の二村は、どのくらい残業するんだろうか。仮に十時、十一時になっても、ここで粘ろう。

鳴海はルームミラーに、自分の顔を映した。やや長めのウィッグを被《かぶ》り、変装用の黒縁眼鏡をかけている。

和倉温泉のホテルのバーで二村と目が合ったのは、ほんの一瞬だった。これだけ変装していれば、まず彼に気づかれることはないだろう。

車はレンタカーだった。鳴海は借りたアリストで、まず中目黒の明光不動産を訪ねた。前夜は、やはり店が閉まっていた。

不動産屋の従業員は、八木智奈美の転居先を知らなかった。

一昨日《おととい》、智奈美の代理人と称する四十代の男が現われ、部屋の賃貸借契約を解除したらしい。

その男は田中と名乗っていたという。年恰好《としかっこう》から察して、二村と思われる。

なぜ、智奈美は自分でマンションを引き払わなかったのか。それが謎だった。

――彼女はおれと顔を合わせることを恐れたのかもしれねえな。

鳴海は、愛煙している両切りのキャメルに火を点けた。

智奈美に不倫相手がいたことが未《いま》だに信じられない気がする。

確かに彼女は魅惑的な女だ。人妻と知りながらも、智奈美を口説《くど》こうとした男たちは大勢いただろう。

しかし、彼女は浮気に走るようなタイプには見えなかった。死んだ八木を大事にしているように映った。現にマンションの隣室に住む女性は、夫婦仲は良かったと証言している。

だが、それは見せかけだったのか。

夫婦のことは、他人には窺《うかが》い知れない部分がある。智奈美は、商才のなかった夫に愛想を尽かしていたのかもしれない。あるいは、八木が女遊びをしていたのだろうか。

どちらにしても、夫婦の間には隙間風《すきまかぜ》が吹いていたのかもしれない。

短くなった煙草を灰皿に突っ込んだとき、携帯電話が鳴った。麦倉からの連絡だろう。

鳴海は急いで携帯電話を耳に当てた。すると、小日向あかりの声が流れてきた。

「うふふ。驚いた？」

「この携帯のナンバー、花田社長に教えてもらったのか？」

「ええ、そう。社長、ちょっと迷ってたみたいだけど、しつこく頼んだら、教えてくれたの」

「そうか。怯《おび》えは、だいぶ薄れたようだな？」

「ええ。東京に戻ったら、金沢でひどい目に遭《あ》ったことがまるで嘘のように思えてきたわ」

「それはよかった」

「こうしていられるのは、あなたのおかげだわ。わたし、鳴海さんにはほんとに感謝してるの。それから、あなたを愛しはじめてる気がする」

「えっ」

鳴海は返答に窮《きゅう》した。

美人演歌歌手に熱い想《おも》いを打ち明けられたことは、まんざらでもなかった。

しかし、特定の誰かと愛情を育《はぐく》む気にはなれなかった。女性に対する不信感が心のどこかにこびりついていた。一種の心的外傷《トラウマ》か。

父の友人と密かに情事を重ねていた母親のことを知って以来、鳴海の内面には女性不信の念が居坐りつづけていた。

少年時代や青年期に憧れに似た思慕《しぼ》を寄せた女性たちは何人かいた。しかし、本気で相手にのめり込む気にはなれなかった。

こと恋愛に関しては、いつもどこかで醒《さ》めていた。そのくせ、肉の交わりを求める欲求は強かった。柔肌に触れていると、不思議と心が安らぐ。ベッド・パートナーに愛《いと》しさも覚える。

肌を貪《むさぼ》り合っている間は、生きていることを感謝したくなる。

しかし、欲情の嵐が凪《な》いだとたん、つい身構えてしまう。いつ相手に裏切られるかもしれないという疑心暗鬼《ぎしんあんき》に陥《おちい》り、一緒にいることさえ苦痛になってくる。

「迷惑なのね？」

「え？」

「わたしがあなたを好きになったら、迷惑なわけね？」

あかりが哀《かな》しげに言った。

「そんなことはないが……」

「口ごもらないで、最後まで喋って」

「あんたとおれじゃ、棲《す》んでる世界が違いすぎるよ」

「どこが、どこがそんなに違うってわけ？」

「あんたは名の売れた演歌歌手で、稼ぎも悪くない。それに引き換え、おれは、その日暮らしの用心棒だからな」

「そんなこと、気にすることじゃないでしょ？」

「あんたには黙ってたが、おれは元組員なんだよ。前科《ホシ》だって、しょってる」

「それがなんだって言うの？　わたしだって、バツイチよ。生意気なことを言っちゃうけど、恋愛って、地位とか財産とか、もっと言えば、肌の色の違いなんかも気にならなくなる感情の高まりなんじゃない？　永遠《とわ》の愛なんてものはないかもしれないけど、男と女が命懸《いのちが》けで惚れ合える季節はあると思うの」

「そのことを否定する気はねえんだが」

「そう、わかったわ。和倉温泉のホテルでのことは、ただの遊びだったのね。わたしはハートも触れ合えたと感じてたんだけど、ひとり相撲だったんだ？」

「おれも優しい気持ちになれたよ。あの晩のことは忘れないと思う。しかし……」

　鳴海は、また言い澱《よど》んだ。

「ね、もう一度だけ会って。きょうはオフで、広尾のマンションにいるの。できたら鳴海さんにマネージャーになってもらいたかったんだけど、そのことはいいわ。ただ、わたしが真剣な気持ちだってことはわかってほしいの」

「それは充分に伝わってくるよ。しかし、今夜は用事があるんだ。それに、もう会わないほうがいいと思う。おれは、あんたに何もしてやれないからな」

「嫌われちゃったのね、わたし。わかったわ。ちょっと辛いけど、もう鳴海さんにつきまとったりしない。お元気でね」

あかりが涙でくぐもった声で言い、静かに電話を切った。

鳴海は何か言ってやりたかった。だが、適当な言葉が見つからなかった。

──ろくでなしのおれに惚れたら、彼女は後で泣くことになる。これでいいんだ。

鳴海は携帯電話の終了キーを押した。

携帯電話を懐に戻しかけたとき、ふたたび着信音が響きはじめた。今度は麦倉だった。

「例の平沼刑事のことなんだが、やっぱり八木正則は酔って歩道橋の階段から転げ落ちたんじゃないと思ってたようだぜ。四谷署の知り合いの刑事の話によると、平沼は他殺の疑いもあるから、遺体を司法解剖に回すべきだと主張してたらしいんだ」

「しかし、上司は検視官の話から事故死という結論を出したわけだな？」

「ああ、そういう話だったよ。で、平沼は職務以外の時間に八木正則の死の真相を独りで調べてたというんだ」

「やっぱり、そうだったか。麦さん、平沼の自宅にも行ってみた？」

　鳴海は訊いた。

「行ってはみたんだが、遺族に接触できなかったんだ。かみさんも二人の子供も、だいぶ取り乱してたんでさ」

「当然だろうな。平沼って刑事が葬《ほうむ》られたのは、八木が殺されたという証拠を何か掴んだからにちがいねえ」

「そう考えてもいいだろうな。鳴やん、誰か思い当たる奴は？」

「怪しいのは、第三生命目黒営業所の二村所長だな。実はいま、目黒営業所の斜め前で張り込んでるんだ」

「二村って男を痛めつけて口を割らせようってわけだな？」

「ああ」

「鳴やん、油断するなよ。敵は現職刑事まで始末してるんだ。凄腕の殺し屋《プロ》を雇ったと考えたほうがいいな」

「おそらく、そうなんだろう」

「何か手伝えることがあったら、遠慮なく言ってくれ」

「その必要があるときは、麦さんに連絡すらあ」

「ああ、そうしてくれ」

麦倉が先に電話を切った。

鳴海は携帯電話を上着の内ポケットに入れ、買っておいたラスクとビーフジャーキーで空腹感を充《み》たした。

それから、また時間が虚《むな》しく流れた。

鳴海は幾度となく第三生命目黒営業所に乗り込み、二村を締め上げたい衝動に駆られた。そのつど、自分を戒《いまし》めた。

焦《あせ》りは禁物だ。部下たちのいる前で二村を痛めつけたら、警察沙汰になりかねない。恩義のある花田のために敢《あ》えて危険を冒《おか》して竜神連合会本部に乗り込んだが、ここで無茶をしたら、刑務所に逆戻りさせられることになる。それは避けたかった。

――おれは仮出所の身なんだ。慎重に二村を締め上げねえとな。

鳴海は逸《はや》る気持ちを鎮《しず》め、ゆったりと紫煙をくゆらせた。

マークした営業所の専用駐車場から銀灰色のクラウン・ロイヤルエクストラが走り出てきたのは、九時数分前だった。

鳴海はドライバーの顔を見た。二村だった。

クラウンはJR目黒駅方面に向かった。

鳴海は一定の車間距離を保《たも》ちながら、二村の車を尾《つ》けはじめた。

クラウンは駅の横を走り抜け、権之助坂《ごんのすけざか》を下《くだ》った。目黒川を渡ると、大鳥《おおとり》神社交差点を右折した。

山手通りだ。道なりに進めば、東急東横線の中目黒駅前に出る。

八木夫妻が住んでいた賃貸マンションに何か忘れ物でもしたのか。

鳴海はそんなふうに思ってみたが、クラウンは山手通りを直進しつづけた。玉川通りの下を潜《くぐ》り、富ケ谷《とみがや》交差点を左に折れた。

井の頭通りをしばらく走り、大原二丁目交差点の数百メートル手前で今度は右に曲がった。

——このまま進むと、確か京王線の笹塚《ささづか》駅にぶつかるはずだ。二村の家《ヤサ》は、このあたりにあるんだろうか。そうだとしたら、自宅に入る前に奴を取《と》っ捕《つか》まえねえとな。

鳴海は少し加速した。いつの間にか、クラウンとの間には軽自動車が一台走っているだけだった。

クラウンは笹塚駅の近くで、左に折れた。

それから間もなく、真新しい中層マンションの駐車場に入った。鳴海はマンションの表玄関を見た。

リースマンションだった。二村の自宅とは考えにくい。智奈美が週単位か月単位で、このリースマンションの一室を借りているのか。

鳴海はアリストを路上に駐《と》め、リースマンションの駐車場まで走った。駐車場は半分ほど埋まっている。

クラウンから降りた二村が、リースマンションの表玄関に足を向けた。

鳴海は車と車の間を抜け、二村の首に背後から片腕を回した。二村が喉の奥で呻き、苦しげにもがいた。

鳴海はヘッドロックをかけたまま、二村を駐車場の陰に引きずり込んだ。道路やマンションからは死角になる場所だった。

「大声出したら、首をへし折るぜ」

鳴海は凄《すご》んでから、ヘッドロックを少し緩《ゆる》めた。

「金、か、金が欲しいのか？」

二村が喘《あえ》ぎ喘ぎ言った。

「辻強盗じゃねえぜ、おれは」

「誰なんだ？」

「死んだ八木正則の友達《ダチ》だよ」

「ええっ」

「八木夫婦が住んでた中目黒のマンションを引き払わせたのは、あんただなっ」

「な、なんの話をしてるんだ⁉」

「二村さんよ、空とぼける気かい？　なら、あんたの家族や会社の連中に八木智奈美との関係を話すことになるぜ」

「そ、それだけはやめてくれ」

「八木の女房とは、いつから男と女の関係になったんだ？」

「もう勘弁してくれよ」

「世話を焼かせやがる」

鳴海はふたたび二村の喉を圧迫し、膝頭で尾骶骨《びていこつ》を蹴り上げた。二村が唸り、腰を下ろしそうになった。

「まだ頑張る気かい？」

「一年と少し前だよ。わたしは、智奈美に誘惑されたんだ」

「誘惑されただと⁉」

「そうなんだ。彼女は旦那に高額の生命保険をかけたいからと接近してきたんだよ」

「保険の額は一億五千万円だな？」

「な、なんで、おたくがそこまで知ってるんだ⁉　ひょっとしたら、おたくは智奈美の新しい男なんじゃないのか？　だとしたら、気をつけたほうがいいぞ。彼女は、強《した》かな悪女だからな」

「八木のかみさんが悪女だって⁉」

「ああ、とんでもない女さ。智奈美は夫の高額保険の加入の話を餌《えさ》にして、わたしに性的な奉仕を強《し》いたんだ」

「もっとわかりやすく言え！」

「智奈美は、男をいじめるのが好きなんだよ」

「あんたは縄で縛られて、鞭《むち》で叩かれたって言うのか？」

「そこまではされなかったが、パンティー・ストッキングで両手首をきつく縛られて、さんざん体を踏みつけられたよ。それから、蒸《む》れた足の指や女性自身を何十分も舐めさせられた」

「そんな話、おれは信じねえぞ」

鳴海は怒鳴った。

「嘘じゃない。事実だよ。わたしはノーマルだから、とても屈辱的だった。しかし、耐えたよ。大口の契約を取りたかったんでね」

「で、加入してもらえたのか？」

「ああ、それはね。しかし、その後が地獄だったよ。智奈美はわたしが変態プレイの相手を務《つと》めたことを脅しの材料にして、夫に掛けた一億五千万円の生命保険の保険料を月々、わたしに肩代わりしろと……」

「それで、どうしたんだ？」

「自分のスキャンダラスな行為を暴《あば》かれるのが怖くって、営業接待費の中から保険料を払ってたんだ」

「そんな話、やっぱり信じられねえ。彼女は、そんなことやれる女じゃない」

「最初はわたしだって、そう思ってたさ。観音《かんのん》さまのような女だとさえ感じてたんだ。ところが、素顔は毒婦顔負けだったんだよ。あんな性悪女《しょうわるおんな》に引っかかってしまったのは、一生の不覚だ」

二村がぼやいた。

「彼女に唆《そそのか》されて、あんたが四谷の歩道橋の階段を降りかけてた八木正則の首筋にゴム弾かカタパルト用の鋼鉄球を撃ち込んだんじゃねえのか！」

「な、なんてことを言い出すんだ⁉　わたしは、そんなことしてない。八木正則氏が転落事故で亡くなった日、わたしは会社の出張で京都にいたんだ。大口の契約者たち数人を祇園《ぎおん》の『おなつ』という和風クラブで接待してたんだよ。疑うなら、その店に問い合わせてもらってもいい」

「平沼満夫の轢き逃げ事件にも関与してないって言うのかっ」

「何者なんだ、その男は？」

「四谷署にいた刑事さ。平沼は八木が誰かに殺《や》られたと睨み、職務時間外に転落事故を洗い直してたんだよ。ところが、何者かに車で轢き殺されちまった。おれは八木と平沼を葬ったのは、同一人物だと思ってる」

「そ、そ、それがこのわたしだと言うのか⁉　冗談じゃない。わたしは、どっちの事件にもまったく関与してないっ」

「あんたが正直者かどうか、体に訊いてみよう」

鳴海は二村を自分の方に向き直らせると、強烈なボディーブロウを放った。

二村が呻いて、体を屈《かが》めた。すかさず鳴海は、得意のショートアッパーで二村の顎を叩いた。

二村がいったん大きく身を反らせ、そのまま地べたに引っくり返った。鳴海は前に踏み込んで、半身を起こしかけた二村の胸板を蹴った。

靴の先が深くめり込み、肋骨《ろっこつ》の折れる音が響いた。

二村が手脚《てあし》を縮め、転げ回りはじめた。散弾を喰《く》らった小動物のように、のたうち回りつづけた。

「さっきの話は事実なんだなっ」

鳴海は確かめた。

二村は唸るだけで、返事をする余裕もないようだ。鳴海は少し待ってやることにした。

数分が経《た》ったころ、二村が弱々しく呟いた。

「わ、わたしは潔白だ。京都の『おなつ』に電話をしてくれ。そ、そうすれば、わたしのアリバイは成立する」

「一応、あんたの話を信じてやらあ。このリースマンションに、八木智奈美が住んでるんだな？」

「そうだよ」

「部屋は何号室なんだ？」

「三〇三号室だよ」

「あんた、スペアキーを持ってるな？」

「上着の右ポケットの中に入ってる」

二村が答えた。

鳴海は屈《かが》み込み、二村のポケットを探《さぐ》った。すぐに指先に鍵が触れた。

鍵を抓《つま》み出したとき、二村が小声で言った。

「智奈美が誰かに頼んで、旦那と平沼とかいう刑事を始末させたのかもしれないぞ。彼女は一億五千万を手に入れるためなら、そこまでやりかねない女だからな」

「一億五千万円は、もう彼女の手に渡ってるのか？」

「いや、まだだよ。高額の保険金は審査に時間がかかるんだ。それでも近日中に、八木正則氏の保険金は下りると思うよ」

「急に中目黒のマンションを引き払ったのは、なぜなんだ？」

「理由はよくわからないが、智奈美がそうしたがったんだよ。わたしは彼女に言われるままに部屋にあった家財道具をリサイクルショップに引き取ってもらって、賃貸借契約の解除の手続きを代行したんだ」

「八木の遺骨はどうした？」

「智奈美の部屋にあるよ。あの女、頭がおかしいのかもしれない」

「頭がおかしい？」

「ああ。旦那を誰かに殺《や》らせた疑いがありそうなんだが、きのう、わたしが部屋を訪ねたとき、骨壺《こつつぼ》の蓋《ふた》を開けて、旦那の骨に愛《いと》しそうに何か語りかけてたんだ。薄気味悪かったよ。早く智奈美と縁を切りたいんだが、スキャンダルの元になるのも厭《いや》だから、渋々、言いなりになってるんだ」

「和倉温泉に行ったのは、ただの浮気旅行だったのか？」

鳴海は訊いた。

「智奈美が急に能登半島に行きたいと言い出したんだ」

「あんたたちは珠洲岬《すずみさき》まで行ったようだな？」

「そこまで調べ上げてたのか。確かに行ったよ。岬の崖っぷちに立ったとき、わたしは智奈美に背中を強く突かれるんじゃないかと内心びくついてたんだ」

「なんで、あんたがビビるんだ？　彼女があんたを殺す必要はないだろうが」

「あるさ」

二村が言った。

「どんな理由が?」

「智奈美は、わたしに月々の保険料を肩代わりさせてたんだ。そのことが発覚すれば、当然、会社は死亡保険金の支払いを拒絶する。わたしを消してしまえば、保険料の肩代わりのことは誰にも知られずに済むじゃないか」

「なるほど。一応、話の筋は通ってるな」

「これから、智奈美に会うつもりなのか?」

「まあな。あんた、余計なことを彼女に言ったら、今度は殺《や》っちまうぜ。とっととてめえの家に帰りな」

鳴海は二村の腹を蹴り、リースマンションの表玄関に回った。

3

エレベーターが停止した。

三階だった。函《ケージ》には、自分のほかは誰も乗っていない。

鳴海はウィッグを脱いで、上着のポケットに突っ込んだ。

エレベーターを降り、今度は黒縁眼鏡《くろぶちめがね》を外す。

鳴海は足音を殺しながら、三〇三号室に近づいた。たたずみ、ノブに手を掛けてみる。

ロックされていた。

鳴海は、二村から奪ったスペアキーで静かに解錠した。すぐさま部屋の中に入り、シリンダー錠を倒す。

靴を脱ぎかけたとき、奥から智奈美が姿を見せた。彼女は鳴海を見ると、安堵と困惑の入り混じった顔つきになった。

「鳴海さんが、どうしてここに⁉」

「二村を目黒営業所から尾行してきて、奴からスペアキーを奪ったのさ」

「そうなの」

「いろいろ説明してもらいてえことがあるんだ。ちょっと上がらせてもらうぜ」

鳴海は玄関ホールに上がった。

智奈美は少しためらってから、鳴海を居間に導いた。間取りは1ＬＤＫだった。十五畳ほどのＬＤＫに接して十畳あまりの寝室がある。半開きのドアから、ダブルベッドが見えた。

智奈美が慌《あわ》てた様子で寝室のドアを閉めた。

鳴海は勝手に布張りのソファに腰かけた。智奈美が立ったまま、うつむきがちに問いかけてきた。

「二村から何か聞いたんでしょ？」

「ああ。二人は一年以上も前から深い関係だったんだってな？　驚いたぜ。八木ちゃんはあの世で、もっとびっくりしてるはずだ」

「二村は、ほかにどんなことを鳴海さんに言いました？」

「あんたに性的な奉仕をしたって言ってたぜ、八木ちゃんの一億五千万円の生命保険の契約を取りたくてな。それから、奴はセックス・スキャンダルを脅しの材料にされて、八木ちゃんの保険料を肩代わりさせられてたとも言ってた」

「そう」

「ついでに言っちまおう。二村は、あんたが誰かに八木ちゃんを歩道橋の階段から転落させた疑いもあると言ってたぜ」

「そ、そんな！」

「奴の話が事実だとすりゃ、あんたは相当な悪女だな」

「鳴海さんは、あの男の話を信じたのね？」

「奴の話を鵜呑《うの》みにしたわけじゃねえよ。しかし、あんたの行動に不審の念を抱いたことは確かだ」

「当然よね」

「まず第一に、あんたが言ってた全日本生命の定期保険のことは事実じゃなかった。間接的な知り合いの保険調査員に頼んで、八木ちゃんが二千万の保険に加入してるかどうかチェックしてもらったんだ。加入者リストの中に、八木正則の名はなかった」

「そのことでは、謝ります。あなたに定期保険の話をした後、八木が三カ月ほど前に保険を解約してることがわかったの」

智奈美が真剣な表情で言い訳した。

「それはそうだったとしても、なぜ第三生命の高額保険のことを言わなかったんだっ。あんたは色仕掛けで二村を取り込んで、奴に保険料の支払いを肩代わりさせてたんじゃないのか？」

「……………」

「黙ってないで、答えてくれ。おれは、あんたがそこまでやってたとは思いたくねえ。何か事情があって、そうせざるを得なくなったのか？」

「わたしがいけないんです。無防備すぎたんです」

「何があったんだい？　力になるから、話してみてくれねえか」

鳴海は語調を和《やわ》らげた。

そのとき、智奈美が泣き崩れた。

鳴海は反射的に立ち上がり、智奈美に駆け寄った。しかし、身を揉んで泣いている智奈美に声をかけることは憚《はばか》られた。

鳴海は無言で智奈美の肩を二度軽く叩き、ソファに戻った。

煙草に火を点け、智奈美の嗚咽《おえつ》が熄《や》むのを待つ。

キャメルを喫《す》い終えても、まだ智奈美は涙にむせていた。鳴海は、さらに待った。

やがて、智奈美の涙は涸《か》れた。

「わたし、二村の罠に嵌《は》まってしまったんです」

「二村はあんたとの不倫関係を清算したくて、何か仕掛けたんだな」

「わたし、誰とも浮気なんかしてません。二村が一年以上も前から、このわたしと不倫の仲だと言ったことは大嘘です。あいつと初めて会ったのは、主人の告別式の夜なんです。鳴海さんが帰られて一時間ぐらい経《た》ったころ、二村が中目黒のマンションを訪ねてきたの」

「その話は、事実なんだね？」

「ええ、もちろん。そのとき、二村は主人がわたしに内緒で第三生命に一億五千万円の生命保険を掛けてると言ったんです。その話を聞いても、わたしは半信半疑でした。高額保険の保険料を八木が払いつづけるゆとりはないと思ったから」

「それで？」

鳴海は先を促した。

「わたしが信じられない話だと言うと、二村は営業所で八木の保険証書を預かってるから、それを見せると言いだしたんです」

「で、八木と一緒に第三生命目黒営業所に行ったんだな？」

「ええ。営業所には、もう誰もいませんでした。わたしは一刻も早く保険証書を見せてほしかったんだけど、二村はコーヒーを淹《い》れてくれたんです。そのコーヒーを飲んで少ししたら、急に睡魔が襲ってきたんです」

「二村はコーヒーの中に、強力な睡眠導入剤か何か入れやがったんだろう」

「ええ、そうだったの。後でわかったことなんですけど、二村はコーヒーの中にレボメプロマジンという向精神薬《こうせいしんやく》を混ぜたというんです。さらに昏睡状態に陥ったわたしに、あの男は静脈麻酔薬のペントバルビタール・ナトリウムを注射したと言ってました」

「意識を失ってる間に、何かされたんだな？」

「え、ええ」

智奈美が下を向き、懸命に涙を堪《こら》えている。

「思い出したくないことなら、別に喋らなくてもいいんだ」

「ええ、でも……」

「とにかく、ひどいことをされたんだな？」

「そうです。わたし、話します。意識を失ってる間に、イラン人と思われる口髭を生やした男と暴力団員らしい奴の二人に代わる代わる二度ずつ体を穢《けが》されたんです。それから男たちに性具でいたずらされたり、大型犬に性器を舐められたりしたようです」

「ひでえことをやりやがる」

「二村は、そういうシーンをすべてビデオカメラで撮《と》ってたんです。ビデオテープを観《み》せられて、わたしは絶望的な気持ちになりました。何度も警察に駆け込もうとしましたけど、恥ずかしいビデオを刑事さんたちに観られることになると考えると……」

「結局、泣き寝入りすることになったわけだな？」

　鳴海は確認した。

「ええ」

「そのビデオは、いまも二村が持ってやがるのか？」

「だと思います。だから、わたしは二村に言われるままに、和倉温泉まで同行せざるを得なかったんです」

「奴は、ホテルであんたの体を弄《もてあそ》んだんだな？」

「ええ。それも、変態じみたことばかり要求しました」

「泊まった翌日、二村と珠洲岬に行ったな？」

「はい。二村に強引に連れていかれたの。あいつは、岬の突端からわたしを突き落とそうと思ってたんじゃないかしら？　でも、近くに観光客が何人もいたんで、それを諦《あきら》めたようです」

「二村は、逆のことを言ってたぜ。あんたに崖っぷちから落とされるような気がして、すごく怖かったとな」

「嘘です！　二村は、このわたしを突き落としたかったにちがいありません。鳴海さん、どうか信じて！」

　智奈美がまっすぐ見つめてきた。表情に濁りは窺えない。瞳も澄んでいた。

　二村と智奈美の言い分は、真っ向から対立する形だ。どちらの言葉を信じるべきなのか。

　鳴海は思い悩みはじめた。

　どう考えても、智奈美が自分を騙《だま》しているとは思えない。恥辱的な弱みを二村に握られていれば、彼女は逃げるに逃げられなかったのだろう。

「蛇足になるけど、八木が一億五千万円の保険を第三生命に掛けてたという話はわたしを罠に嵌《は》めるための撒《ま》き餌《え》だったの」

「ああ、わかってる。話は飛ぶが、八木ちゃんは誰かに殺された疑いが濃くなってきたんだ」

「ええっ、ほんとですか⁉」

「ああ」

「いったい誰が主人を殺したんでしょう？」

智奈美がハンカチで目頭を押さえ、放心したような顔で呟いた。

鳴海は八木の首の青痣のことを最初に喋り、四谷署の平沼刑事の事件についても話した。

「気が動転してたんで、わたしは首の打撲傷にはまったく気づきませんでした」

「無理もないさ。ここに来るまで、おれは二村とあんたが結託して、八木ちゃんと平沼を誰かに始末させたと思ってたんだ」

「わたし、主人をかけがえのない男と思ってました。そんな人を殺そうとなんか考えません」

「ああ、いまはそう思ってるよ。八木ちゃんと二村は面識があったのかい？」

「多分、なかったと思うわ」

「なら、二村が言ってたことは嘘じゃないのかもしれねえな。奴は八木ちゃんが死んだ晩、京都で大口契約者たちの接待をしてたと言ってたんだ」

「わたしは二村の言葉は、すべて信じないわ」

智奈美が憎々しげに言った。

念のため、二村のアリバイを調べてみるか。

鳴海は懐から携帯電話を摑み出し、ＮＴＴの番号案内係に祇園の和風クラブ『おなつ』の電話番号を教えてもらった。その店に電話をかけると、若いホステスが受話器を取った。

鳴海は四谷署の刑事になりすまし、ママに替わってもらった。

四十代らしいママは、事件当夜、二村が複数の連れと九時半ごろから午前零時近い時刻まで陽気に飲んでいたことを証言した。二村と口裏を合わせているようには感じられなかった。

鳴海は礼を言って、携帯電話の終了キーを押した。そのとき、智奈美が口を開いた。

「二村には一応、アリバイがあるようね？」

「ああ。少なくとも、奴は八木ちゃん殺しの実行犯じゃねえな。ただ、誰かに殺しを依頼した疑いは依然として残ってる。能登半島の珠洲岬で、あんたを突き落とそうともしたようだからな。二村は面識もなかった八木夫婦に、なぜ殺意を抱かなければならなかったのか。そいつが見えてこねえんだ」

「考えられるのは、主人が何か見てはならないものを見てしまったか、知ってはいけないものを知ったかのどちらかだと思うんです」

「なるほどな。八木ちゃんが生前、何かを探《さぐ》ってる気配は？」

鳴海は問いかけ、煙草をくわえた。

「断定的なことは言えませんけど、主人が『プチ・ビストロ・ジャポン』の経営状態を数カ月前から調べてるような節《ふし》はありました」

「なぜ、八木ちゃんは本部の経営状態のことを知りたがったんだろう？」

「そのことについては、主人は何も言わなかったわ。でも、去年の秋ごろから『プチ・ビストロ』の加盟店が売上不振や違反行為を理由に次々にＦＣ契約を一方的に解除されたことを訝《いぶか》しがってたのは、間違いありません。そのとき、彼が『本部は案外、火の車なのかもしれないな』と呟いたことを憶《おぼ》えてます」

「加盟店オーナーたちが本部の経営状態をチェックするような機会は？」

「そういう機会はありませんでした。加盟店の経営状態は完璧《かんぺき》に本部に把握《はあく》されてましたけどね」

「それはそうだろうな。八木ちゃんが言ってたことは正しいんじゃねえか。本部は逼《ひっ》迫《ぱく》してて、少しまとまった金が必要だったんだろう」

「だから、強引なやり方で加盟店オーナーたちとのＦＣ契約を次々に解除してたのかしら？」

「おそらく、そうなんだろう。それで、本部は新規のオーナーから保証金や成約預託金を集めてたんじゃねえのかな。新規オーナーはがむしゃらに働くだろうから、売上目標額は達成されるにちがいない。そうなりゃ、本部には新規加盟店から安定した額のロイヤルティーが転がり込む」

「ええ、そういうことになるわね。主人は、本部の強引なやり方に腹を立て、何か不正の事実を握ろうとしてたのかしら？」

　智奈美が問いかけてきた。

「おおかた、そうなんだろう」

「だとしたら、主人は本部の樋口社長あたりに命を狙われたことになるんじゃありません？」

「そうだな。ちょっと知り合いに情報を集めてもらおう」

　鳴海は短くなった煙草を灰皿に捨て、ふたたび上着の内ポケットから携帯電話を取り出した。電話をかけたのは、麦倉の自宅だった。

　少し待つと、先方の受話器が外れた。

「麦さん、おれだよ」

「おう。二村って野郎、素直に口を割った？」

「詳しいことは会ったときに話すが、ちょっと予想外の展開になってきたんだ」

「二村も八木智奈美も、昔のボクサー仲間の事件《ヤマ》には関与してなかったんだな？」

「まだ断定はできないんだが、どっちも実行犯じゃなさそうなんだ」

「ふうん。で、新たな容疑者は誰なの？」

「そこまで絞り込めてねえんだが、ちょっと『プチ・ビストロ・ジャポン』の経営状態を調べてもらいてえんだ。確か麦さんの知り合いが経済興信所に勤めてたよな？」

「『東都商工サービス』の富樫《とがし》のことだな？」

「そう。その男に頼んで、負債額や債権者を調べてもらってほしいんだ」

「わかった。今夜中に富樫に連絡とってみる。たいして時間はかからないと思うよ、その程度のことを調べるのは」

「よろしく！」

鳴海は先に電話を切った。

それを待っていたように、智奈美が早口で言った。

「本部と第三生命に何か接点があるんじゃないかしら？」

「洋風居酒屋の本部と大手生保会社に、どんな接点があると思う？」

「考えられるのは、本部が加盟店オーナーに内緒で団体生命保険に加入させてることね」

「加盟店オーナーが死んだら、本部はこっそり保険金を受け取るって寸法なのか。そういえば、数年前に会社が社員にその種の保険を掛けてて、遺族と裁判沙汰になったことがあるな」

「ええ、知ってます。主人は、そういう不正を知ったんでしょうか？　わたしには何も話してくれなかったけど」

「八木ちゃんが何か摑んだことは間違いなさそうだ。だから、奥さんも罠に嵌められたんだろう。二村が珠洲岬で奥さんを本気で突き落とす気だったとしたら、八木ちゃんに握られた不正の証拠書類があんたに渡ってるかもしれねえと思ったにちがいない」

「いま話を聞いてて思ったんだけど、本部の樋口社長と第三生命の二村が個人的に繫《つな》がってるとも考えられますね」

「そうだな。奥さん、二村の自宅はどこにあるんだい？」

「一度訊いたことがあるんだけど、あの男、警戒したらしくて、教えてくれなかったの」

「そうか。奥さん、このリースマンションを出たほうがいいな。ここに殺し屋が来るかもしれねえから」

「二村が刺客を差し向けて、わたしを殺させようと？」

「考えすぎかもしれねえが、用心しといたほうがいいだろう」

「それじゃ、どこかホテルに移ります」

「ホテルよりも、おれの隠れ家のほうが安全かもしれない。おれ、知り合いが提供してくれた天現寺のマンションを塒《ねぐら》にすることにしたんだ。２ＬＤＫだから、奥さんの泊まる部屋もある」

鳴海は言って、智奈美を見た。困惑顔だった。

「もちろん、寝室のドアは内側からロックできる。それでも不安だって言うんだったら、おれは近くのホテルに部屋をとるよ」

「ううん、違うの。わたし、そういうことを心配したんじゃないんです。鳴海さんには甘えっぱなしなんで、これ以上迷惑をかけるのは心苦しいと……」

「奥さんさえよかったら、当分、おれの塒に隠れてなよ。そのほうが、おれも安心できる」

「本当に、いいんでしょうか？」

「おれも居候《いそうろう》なんだ。だから、遠慮することはねえさ」

「それじゃ、そうさせてください。いま、荷物をまとめます」

智奈美はフローリングの床から立ち上がると、寝室に走り入った。

――明日にでも二村をもう一度痛めつけて、からくりを吐かせてやろう。淫らなビデオテープも奪って、焼却してやらなきゃな。

鳴海はそう思いながら、またもや煙草をくわえた。

半分ほど喫《す》ったとき、胸に骨箱を抱えた智奈美が寝室から現われた。右手には、トラベルバッグを提《さ》げていた。

鳴海は喫いさしの煙草の火を揉み消し、ソファから腰を浮かせた。智奈美に歩み寄り、無言でトラベルバッグを捥《も》ぎ取《と》る。

「すみません」

「八木ちゃんをしっかり胸に抱えてやれよ」

「はい」

智奈美が、白布にくるまれた骨箱を両腕で抱え込んだ。

「それじゃ、行こう。電気は、このまま点けといたほうがいいな」

鳴海は先に玄関に急いだ。

靴を履《は》き、ドアを細く開ける。怪しい人影は見当たらなかった。

二人はエレベーターで一階に降りた。

リースマンションを出る前に、鳴海は暗がりを透《す》かして見た。誰かが潜《ひそ》んでいる様子はなかった。

4

鳴海はアリストの助手席に智奈美を乗せると、穏《おだ》やかに車を走らせはじめた。

照れ臭い。

実際、目の遣《や》り場に困った。それでいて、何か仄々《ほのぼの》とした気分だった。

鳴海は智奈美と差し向かいで朝食を摂《と》っていた。天現寺の隠れ家だ。

食卓には、塩鮭《しおざけ》、明太子《めんたいこ》、蒲鉾《かまぼこ》、海苔《のり》、浅蜊《あさり》の佃煮、漬物、生卵などが並んでいる。どれも前夜、近くのスーパーマーケットで智奈美が買い求めたものだ。

味噌汁の具は、豆腐と若布《わかめ》だった。炊《た》きたてのご飯は、ふっくらとしていた。一粒一粒が光っている。

新潟県魚沼産のコシヒカリだった。きのうの晩、十キロ入りの袋を買ったのである。

「お口に合うかしら？」

智奈美が訊いた。やはり、彼女も気恥ずかしそうだった。

「うまいよ、どれも」

「ほんとに？」

「ああ。八木ちゃんは毎朝、こんなにうまい朝飯を喰ってたのか。果報者《かほうもの》だったよな」

鳴海は顔を上げた。

智奈美は箸《はし》を手にしたまま、下を向いていた。どうやら亡夫のことを思い出し、新たな悲しみが込み上げてきたらしい。

「すまねえ。辛い思いをさせる気はなかったんだが」

「ええ、わかってます。こういうオーソドックスな朝食をこしらえたのは、久しぶりなんです。たいてい朝はパンでしたから」

「そういえば、八木ちゃんはパン好きだったよな。あっ、いけねえ！　また、旦那のことを話題にしちまった」

　鳴海は頭を掻《か》いた。

「いいんです、気にしないで。だって、わたしたちの共通の話題といえば、八木のことなんですから」

「それはそうなんだが」

「鳴海さん、わたし、迷ってることがあるんです。生前、八木は自分にもしものことがあったら、遺灰を五島列島の海に撒《ま》いてほしいと言ってたんですけど、そうしてもいいものかどうかと……」

「八木ちゃんの親族は、どう言ってるんだい？」

「先祖代々の墓の横に主人の墓石を建ててもいいと言ってくれてるの。でも、八木は故郷を棄《す》てた人間だから、そういうことは望まないんじゃないかと思うんです」

「難しいとこだな。故郷の海に散骨してくれって言ってたんなら、完全に故郷と縁を切ったわけじゃねえんだろうからな」

「ええ、そうなんでしょうね」

「といって、親族に供養されつづけるのも肩身が狭いだろうしな」

「だと思います。八木は、親兄弟には不義理をしっぱなしでしたから」

「おれが奥さんなら、遺灰を五島列島の海に撒いてやるだろうな」

「鳴海さんのいまの言葉を聞いて、わたし、迷いが消えました。彼の身内には恨まれるかもしれませんけど、故人の遺志を尊重することにします」

智奈美が言った。

「そう。納骨は四十九日にやるケースが多いようだが、いつ散骨するつもりなんだい？」

「まだ決めてないんです。当分、一緒にいたい気持ちがあるから、半年か一年先になるかもしれません」

「好きなだけ一緒にいてやれよ。散骨するときは、おれも五島列島に行きてえな。友達らしい友達は、八木ちゃんだけだったんだ」

「わかりました。五島列島に出かけるときは、必ず鳴海さんに声をかけます」

「そうしてくれねえか」

鳴海は言って、明太子に箸を伸ばした。

智奈美も味噌汁を啜《すす》った。鳴海は先に食べ終え、ダイニングテーブルを離れた。居間のソファに移り、煙草に火を点けた。

前夜から鳴海は何か気持ちが浮き立っていた。不謹慎《ふきんしん》なことだが、未亡人になったばかりの智奈美と一緒に過ごしている時間が愉《たの》しかった。ときめきさえ感じる。

——おれは智奈美に惚れかけてるんだろうか。本気で女を好きになったことのないおれが、よりによって友達《ダチ》だった男の女房を好きになるなんてな。

鳴海は幾分、後ろめたかった。

八木は、すでに他界している。自分が智奈美を特別な女と意識しても、別に何も問題はない。

そう思いつつも、ある種の疚《やま》しさは拭えなかった。前夜の寝苦しさを思い起こすと、一層、後ろめたさを感じた。

昨夜、二人は別々の部屋で寝た。

智奈美は洋室のベッドを使い、鳴海は和室で寝《やす》んだ。二つの部屋の間には、ＬＤＫがある。寝室のドア越しに智奈美の寝息やマットレスの軋《きし》み音が聞こえてきたわけではない。それでも鳴海は、なかなか寝つけなかった。

といっても、智奈美に邪《よこしま》な欲望を覚えていたのではない。

決して肉欲の渇《かわ》きに悩まされたわけではなかった。悲しみに打ちひしがれている若い未亡人が気がかりだったのである。

——旦那を失った彼女の悲しみをおれが癒《いや》してやることはできっこない。せめて二村から妙なビデオを回収して、智奈美の不安を取り除いてやらなきゃな。

鳴海は一服し終えると、洗面所に入った。

手早く髭《ひげ》を剃《そ》り、手櫛《てぐし》で寝癖のついた頭髪を整える。洗面所を出ると、智奈美はシンクに向かって食器を洗っていた。

「ちょっと出かけてくる。インターフォンが鳴っても、絶対に玄関のドアは開けないほうがいいな」

「はい」

「それから、できるだけ外出は控えてほしいんだ。二村が他人《ひと》を使って、奥さんを捜させてるはずだから」

「わかりました。鳴海さんは、二村の営業所に乗り込むつもりなのね？」

「いや、奴は仕事には出てないはずだ。昨夜《ゆうべ》、かなり痛めつけたから、自宅で唸ってると思う。あるいは、どこかの外科医院に入院してるかもしれねえな」

「わたしのために危険な思いをさせることになってしまって、ごめんなさいね」

「相手は堅気なんだ。どうってことねえさ」

鳴海は和室に入り、身仕度をした。

ほどなく部屋を出た。九時四十八分過ぎだった。

鳴海はエレベーターで地下駐車場に下《くだ》り、レンタカーに乗り込んだ。マンションを出てから、携帯電話を使って第三生命目黒営業所に電話をかけた。

受話器を取ったのは、若い女性だった。

鳴海は二村の大学の後輩を装い、相手に問いかけた。

「二村先輩、まだ出社してない？」

「きょうは出社しないと思います。きのう、ちょっと怪我をしたらしいんです」

「怪我って、何があったの？」

「詳しいことはわかりませんけど、誰かに蹴られて肋骨を折ったようなんです。何日か入院することになったそうです」

「先輩の入院先は？」

「西原の久住《くすみ》外科医院です。あのう、失礼ですが、お名前は？」

相手が訊いた。

「中村です。これから、二村先輩の見舞いに行ってみますよ。そうだ、先輩の自宅は杉並の浜田山だったよね？」

「いいえ、違います」

「それじゃ、引っ越されたんだな。いまの住まいは、どこなんです？」

「世田谷区の桜新町一丁目です。細かい番地まではわかりませんけど、間違いないはずです」

「ありがとう」

鳴海はほくそ笑《え》みながら、終了キーを押した。

アリストを近くの明治通りに向けた。渋谷橋から山手通りに抜け、元代々木町の住宅街に入る。

数分走ると、西原にぶつかった。目的の久住外科医院は造作なく見つかった。

鳴海はレンタカーを外科医院の近くの路上に駐《と》めた。医院は四階建てだった。

二村は三階の特別室に入院していた。個室だ。

鳴海は見舞客の振りをして、三階のナース・ステーションの前を通過した。特別室は、いちばん奥にあった。

鳴海はドアに耳を寄せた。

人の話し声はしない。素早く病室に入る。

二村は窓辺に置かれたベッドの上にいた。顔中《かおじゅう》、痣《あざ》だらけだった。

「お、おまえは⁉」

二村が肘《ひじ》で上半身を起こそうとして、顔をしかめた。あばら骨に痛みが走ったのだろう。

鳴海はベッドに歩みより、点滴のチューブを引き千切った。点滴袋から栄養剤の溶液が、ぽたぽたと床に落ちはじめた。

「な、何をしに来たんだ？」

「大嘘つきやがって。てめえが昨夜《ゆうべ》言ったことは、でたらめじゃねえかっ」

「智奈美に何を言われたのか知らないが、おたくは彼女に丸め込まれたんだな」

二村が断定口調で言った。

鳴海は片方の目を眇《すが》め、マットレスを両手で浮かせた。二村はベッドから転げ落ち、長く呻いた。

鳴海はベッドを回り込み、パジャマ姿の二村を摑み起こした。

「ビデオテープはどこにあるんだっ」

「なんのことを言ってるんだ？」

「てめえは睡眠導入剤と麻酔薬で八木智奈美の意識を奪って、イラン人らしい口髭の男とどこかの組員の二人に彼女を犯させたはずだ。そのとき、てめえが撮影したビデオだよ！」

「ばかを言うな。わたしがそんなことをさせるわけないじゃないかっ」

二村が言った。

「そうかい。ま、いいさ。おれを怒らせる気なら、もっと痛い思いをするだけだ」

「わ、わたしを殴る気なのか⁉」

「そういうことだ」

鳴海は言いざま、左のロングストレートを放った。

二村は後ろの壁まで吹っ飛び、そのまま尻《しり》から床に落ちた。鼻血が口許を赤く染めていた。

鳴海は口の端をたわめ、二村の胸部に鋭い蹴りを入れた。二村は前屈《まえかが》みに倒れ、ひとしきり呻いた。

「ここで死ぬかい？」

「もう乱暴なことはやめてくれーっ」

「八木正則が一億五千万円の保険を第三生命にかけてたなんて嘘の話で釣って、なんで智奈美の体を穢《けが》させたんだ！」

「わたしは気が進まなかったんだよ。しかし、上司の命令には逆《さか》らえなかったんだ」

「その上司ってのは、誰のことなんだっ」

「それだけは言えない。言ったら、わたしは会社にいられなくなるからな」

「命よりも、会社のほうが重いってのか？」

「わ、わたしを本気で殺すつもりなのか⁉」

「そうだ」

「こ、こ、殺さないでくれ。わたしは、会社の針貝幸次《はりがいこうじ》専務に頼まれたんだ」

「そいつは、八木正則に何か弱みを握られてたんだな？」

「ああ、おそらくね。しかし、詳しいことは何も知らないんだ」

「智奈美をレイプした二人は、てめえが自分で見つけたのか？」

「ああ、そうだよ。歌舞伎町で二人に声をかけて、協力してもらったんだ」

二村が答えた。

「口髭を生やしてるという奴は、イラン人だな？」

「そうだよ。アリと名乗ってた。もうひとりは極和会の光岡《みつおか》って男だよ。二人に三十万円ずつ渡して、智奈美を輪姦してもらったんだ」

「その六十万は、針貝って野郎から貰ったわけか？」

「ああ」

「針貝に別のことも頼まれたんじゃねえのか？」

「別のこと？」

「そうだ。針貝って専務は、八木正則がどこかに隠した録音テープか写真のネガを見つけ出せと言ったんじゃねえのかっ」

「言われたよ。しかし、八木の自宅にも店にも、その種の物は隠されてなかったんだ。智奈美も何も預かってないと言ってた」

「てめえは、能登の珠洲岬から八木智奈美を突き落とす気だったんだろっ」

「針貝専務に彼女を始末しろと言われたんだ。しかし、わたしにはできなかった。恐ろしかったし、智奈美をしばらくセックスペットにしたかったんだ。だから、笹塚のリースマンションに……」

「下種《げす》野郎が！」

鳴海は怒りに駆られ、二村の喉笛を蹴りつけた。二村がベッドの支柱を掴んで、苦痛の声をあげた。

「針貝って奴が八木と四谷署の平沼刑事を誰かに殺《や》らせたんだな？」

「そのあたりのことは、わたしは何も知らないんだ。嘘じゃない」

「針貝と『プチ・ビストロ・ジャポン』には、何か繋がりがあるなっ」

「えっ、そうなのか⁉」

「てめえ、本当に何も知らねえのか？」

「ああ、知らないよ。生保会社と洋風居酒屋にビジネスの繋がりはないからね」

「『プチ・ビストロ・ジャポン』が加盟店オーナーに団体生命保険を掛けてるんじゃねえのか？」

「そういう話は聞いたことがないな」

「ま、いいさ。ビデオはどこにあるんだ？」

「目黒営業所のわたしの机の中に入ってる」

「着替えろ！　おれと一緒に営業所に行くんだっ」

「無茶を言うな。わたしは大怪我をして、入院中の身なんだぞ」

「たいした怪我じゃねえだろうが」

鳴海は鼻で笑い、病室の隅のロッカーに近づいた。ロッカーの中からコートを取り出し、二村に投げつけた。

「そいつをパジャマの上に羽織《はお》れ」

「おたくひとりで行ってくれよ。ビデオカセットは最下段の引き出しに入れてある。鍵が掛かってるわけじゃないんだ」

「部外者のおれが勝手にてめえの机の中を物色できるわけねえだろうが。早くコートを着やがれ」

「わかったよ」

二村が起き上がり、格子柄のパジャマの上にオフホワイトの綿コートを羽織った。

鳴海は二村を特別室から引っ張り出した。近くに非常階段があった。二村を先に歩かせ、階段を下《くだ》る。

鳴梅は二村をアリストの助手席に坐らせると、グローブボックスから細い針金を取り出した。針金で、二村の手の親指と親指をきつく縛る。こうしておけば、絶対に自分でドア・ロックは外せない。

鳴海は大急ぎで運転席に乗り込んだ。

車をスタートさせると、二村がおずおずと話しかけてきた。

「針貝専務も痛めつける気なのか？」

「まあな。針貝のことをもう少し詳しく喋ってもらおうか。いくつなんだ？」

「五十七か、八だよ」

「顔つきや体型は？」

「丸顔で、生え際がだいぶ後退してる。中肉中背だよ」

「ふだんは本社にいるんだな？」

「ああ」

会話が途切れた。

鳴海は来た道を逆に走りつづけた。

三十分ほどで、第三生命目黒営業所に着いた。鳴海は二村とともに、営業所に足を踏み入れた。

二村の部下たちは一様《いちよう》に驚いたが、誰も話しかけてこなかった。狼のような風貌の鳴海に気圧《けお》されたのだろう。

所長室は奥にあった。十五、六畳のスペースで、机のほかに応接セットが置かれている。大型テレビもあった。

二村が机の最下段の引き出しから、一巻のビデオカセットを取り出した。

「テープを再生しろ」

鳴海は命じた。二村は言われた通りにした。

やがて、画像が映し出された。気を失っている智奈美の裸身にイラン人の男がのしかかり、荒々しく腰を躍《おど》らせている。

思わず鳴海は目を背《そむ》けた。

すぐにビデオテープを停止させ、カセットを抜かせた。

「ダビングしてねえな？」

「ああ、マスターテープだけだよ」

「複製してることがわかったら、スプーンでてめえの目玉を抉《えぐ》り出すぜ」

「ダビングなんかしてないよ、絶対に」

「針貝に余計なことを喋ったら、てめえはもちろん、家族も皆殺しにしちまうからなっ」

「せ、専務には何も言わない」

二村が震え声で言い、ビデオカセットを差し出した。

鳴海はビデオカセットを受け取ると、二村の眉間に体重を乗せた左ストレートを見舞った。骨と肉が重く鳴った。

二村はソファに倒れ、コーヒーテーブルの下に落ちた。鳴海は所長室を出た。七、八人の事務職の男女が一斉に目を伏せた。

鳴海はアリストに乗り込むと、丸の内をめざした。第三生命の本社ビルに着いたのは、正午過ぎだった。

　電話で針貝専務が社内にいることを確かめてから、張り込みを開始した。

　麦倉から電話がかかってきたのは、午後二時過ぎだった。

「ついさっき、『東都商工サービス』の富樫から連絡があったよ。鳴やん、いい勘してるな。『プチ・ビストロ・ジャポン』は金融派生商品《デリバティブ》取引で、三百億円近い損失を出してたらしいぜ」

「それは、いつのこと？」

「去年の春だってさ。デリバティブのことはよく知らないんだが、なんでも金利スワップ取引で約百二十億、新株引受権証券《ワラント》取引で約八十億、株価指数先物取引で約百億のマイナスが出たんだってさ」

「おれもデリバティブのことはさっぱりわからねえが、『プチ・ビストロ・ジャポン』にとって、でっけえ損失なんだろうな？」

「そりゃ、致命傷を負ったようなもんだろう。三百億だからな、なにしろ」

「本部は少しでも損失を補いたくて、加盟店オーナーとのFC契約を強引なやり方で解除して、新規オーナーから保証金や成約預託金、ロイヤルティーを集める気になったんだな」

「きっとそうだよ。しかし、それだけじゃ、とても三百億円の穴は埋められない」

「だろうな。本部は何か危《ヤバ》い裏ビジネスをやってたんじゃねえのか。それを八木ちゃんが嗅ぎつけた。だから、消されることになったんだろう」

鳴海は言った。

「おれも、そう思うよ。それから、面白い情報を入手したんだ。『プチ・ビストロ・ジャポン』の樋口社長は去年の五月ごろから毎週のように北海道に出かけてるらしいんだよ」

「加盟店回りにしちゃ、回数が多すぎるな。樋口は北海道で何か裏ビジネスをやってるんだろう」

「ああ、おそらくな」

「麦さん、第三生命と樋口の会社に接点はなかった？」

「直接的な繋がりはないという話だったが、『プチ・ビストロ・ジャポン』はデリバティブ取引の資金を主に第三生命の子会社の『第三ファイナンス』から借りてたんだってさ」

「間接的だが、やっぱり双方に接点はあったわけだ」

「そういうことになるね。鳴やん、そっちの動きは？」

麦倉が訊いた。

鳴海は経過をつぶさに話した。口を結ぶと、すぐに麦倉が言った。

「目黒営業所長の二村を動かしてたのが第三生命の針貝って専務なら、樋口の会社と第三生命は裏で繋がってるな」

「どうもそうらしいな。針貝から何も手がかりを得られないようだったら、樋口をマークしてみるよ」

鳴海は電話を切った。

第五章　謎の殺人請負会社

1

機が高度を下げた。

鳴海は窓《まど》に顔を寄せた。

眼下に、新千歳《しんちとせ》空港が小さく見える。その左側に、千歳国道と道央自動車道が並行する形で延びていた。

ベルト着用のサインが出た。

鳴海はベルトを掛けながら、中央席の斜め前列を見た。『プチ・ビストロ・ジャポン』の樋口社長が瞼を擦《こす》り、慌《あわ》てて体をベルトで固定した。

二村を痛めつけた翌日の夕方である。

きのう、鳴海は第三生命の本社前で午後九時過ぎまで張り込んだ。ようやく姿を見せた針貝専務はお抱え運転手付きの大型国産車で、世田谷区成城五丁目の自宅にまっすぐ帰った。針貝に接触するチャンスはなかった。

鳴海は二村から奪ったビデオテープを焼却し、虚《むな》しく自分の塒《ねぐら》に戻った。

ビデオテープを処分したことを告げると、智奈美は安堵した表情を見せた。鳴海たち二人は、なんとなく酒を飲むことになった。

智奈美は、それほどアルコールに強くなかった。ウイスキーの水割りを三杯ほど飲むと、目許がほんのり赤くなった。

酔いが智奈美の理性を麻痺《まひ》させたのか、彼女は無防備に鳴海にしなだれかかってきた。鳴海は衝動的に智奈美を強く抱きしめた。

智奈美は一瞬、身を固くした。

だが、抗《あらが》うことはなかった。

その反応が鳴海の自制心を緩《ゆる》めた。唇を重ねると、智奈美は控え目に応《こた》えた。

鳴海は勇気づけられ、舌を絡《から》めた。智奈美は拒まなかった。

二人はソファの上で幾度もくちづけを交わした。その後、鳴海は智奈美を両腕で抱え上げ、和室に運んだ。

部屋には、鳴海の夜具が敷いてあった。

二人は横たわると、ごく自然に肌を求め合った。鳴海は奥の寝室にある八木の遺骨が頭から離れなかったが、もはや欲望には克《か》てなかった。

二人は傷口を舐め合うように、静かに交わった。

鳴海は妙な技巧はいっさい用《もち》いなかった。

その気になれば、すぐにも智奈美を極《きわ》みに押し上げることはできた。だが、そうしてしまったら、二人の行為が薄汚れてしまうような気がしたのである。

智奈美も同じだった。当然、男の体を識《し》り尽くしているはずだが、鳴海の昂《たか》まりを口に含もうとはしなかった。

二人は若いカップルのように、ひたすら体を重ね、唇を吸い合った。それでも鳴海は、たっぷり充足感を味わえた。

熱い一刻《ひととき》が去ると、急に智奈美が声を殺して泣きはじめた。後悔の念が胸に拡《ひろ》がったのかもしれない。だが、智奈美は何も言わなかった。

鳴海は、敢《あ》えて何も訊かなかった。言葉の代わりに、智奈美を全身で抱きしめてやった。智奈美は泣き止むと、衣服を丸めて奥の寝室に引き籠《こも》った。

鳴海は朝まで眠れなかった。

八木はすでに故人だが、その遺骨は奥の寝室にある。自分の行為が浅ましく思え、冷静ではいられなかったのだ。

智奈美と顔を合わせるのも辛い気がした。鳴海は彼女が起き出す前に部屋を出て、『プチ・ビストロ・ジャポン』にレンタカーを走らせた。

第三生命の針貝専務に張りつくよりも、樋口をマークしたほうが早く手がかりを摑めると判断したからだ。

午前十時前に出社した樋口は、午後三時過ぎまで社内にいた。タクシーで羽田空港に向かったのは、三時半ごろだった。

鳴海は樋口を乗せたタクシーを追尾《ついび》し、羽田空港で新千歳空港行きのジェット旅客機に乗り込んだのである。

幸いにも、空席があった。鳴海は搭乗前にウィッグを被り、黒縁眼鏡をかけた。機が離陸して間もなく、樋口は手洗いに立った。

短く目が合ったが、彼はまったく鳴海に気がつかない様子だった。

機がさらに高度を下げ、着陸態勢に入った。

鳴海は少し緊張した。数えきれないほど飛行機は利用していたが、本来、あまり好きな乗り物ではなかった。

巨大な金属の塊《かたまり》が空を飛ぶことがどうにも不思議に思える。いつ墜落するかもしれないという不安を拭いきれない。

根は臆病なのかもしれない。

鳴海は苦笑いした。

機は滑らかに着陸した。着地のショックも、ほとんど感じなかった。

樋口は空港ターミナルビルを出ると、すぐにタクシーに乗った。鳴海も空車を拾い、樋口の乗ったタクシーを追った。

マークした車は千歳IC《インターチエンジ》に向かい、道央自動車道に入った。いつしか夕闇が濃くなっていた。六時を回っている。

樋口の行き先は多分、札幌市内だろう。

鳴海は走るタクシーの中で、そう見当をつけた。

それは正しかった。樋口の車は札幌ICを降り、札幌駅近くのシティホテルの玄関前に横づけされた。

鳴海は急いでタクシー料金を払い、樋口の後からホテル内に入った。樋口は広いロビーにたたずみ、視線を泳がせた。

奥のソファに坐っていた四十歳前後の男が弾かれたように立ち上がり、樋口に頭を下げた。ひと目で暴力団関係者とわかる風体《ふうてい》だ。ペンシルストライプの黒いダブルのスーツを着込み、右手首には太いゴールドのブレスレットを光らせている。

樋口は軽く片手を掲《かか》げただけで、男に歩み寄ろうとしない。男が小走りに樋口に近づき、何か短く語りかけた。樋口が無言でうなずいた。

二人は奥のチャイニーズ・レストランに入り、個室《コンパートメント》に消えた。角のブースだった。

鳴海は店に入り、樋口たちのいる個室《コンパートメント》のそばのテーブル席についた。北京料理の店だった。

鳴海はマトンの北京風ソテー、鮑《あわび》とアスパラガスの旨煮《うまに》、車海老のチリソースなどを注文した。飲みものは、ビールを選んだ。

——こいつを持ってきて、正解だったな。

鳴海は煙草に火を点け、綿ジャケットの内ポケットを軽く押さえた。

右側の内ポケットだった。そこには、俗にコンクリート・マイクと呼ばれている盗聴器が入っていた。

直径二・五センチの円錐型のマイクを壁に押し当て、煙草の箱ほどの大きさの受信機で密室の音声を拾う造りになっている。イヤフォンは耳栓型《みみせんがた》で、補聴器そっくりだ。厚さ五メートルのコンクリート壁の向こうの会話も、鮮明にキャッチできる代物《しろもの》だった。

一服し終えると、ビールと料理が運ばれてきた。

鳴海は料理に少し箸をつけると、さりげなく立ち上がった。手洗いを探す振りをしながら、樋口たちのいる個室《コンパートメント》に近づく。

個室《コンパートメント》の仕切り壁の外側には、大きな観葉植物の鉢が置いてあった。

通路の一隅だ。少し離れた場所には、テレフォンブースがある。

鳴海は周《まわ》りに人の姿がないことを目で確かめてから、観葉植物と仕切り壁の間に入り込んだ。

イヤフォンを耳に突っ込み、円錐型の集音マイクを仕切り壁に押し当てる。内ポケットに片手を滑り込ませ、チューナーをゆっくりと回す。

雑音《ノイズ》が急に消え、男同士の話し声が響いてきた。

——樋口社長、そう心配しないでください。囮《おとり》の超高速艇がエンジントラブルを起こしてロシアの監視船に拿捕《だほ》されちゃったけど、根室《ねむろ》の漁民は一週間か十日で釈放されますよ。

——ロシアの国境警備隊には、ちゃんと鼻薬を嗅がせてあるんだろうね？

——その点、抜かりはありませんや。隊長の家には日本製の家電製品やTVゲーム、それから裏DVDが山をなしてまさあ。

——特攻船の連中は、北洋漁場でちゃんと赤いダイヤを密漁する振りをしてるんだろうね？

——ええ、大丈夫です。十三隻の超高速艇には一応、蟹籠《かにかご》を積ませてます。ロシアの国境警備隊も日本の海上保安庁も、単なる蟹の密漁船と思ってるはずです。

——そうかね。

樋口が言って、空咳《からぜき》をした。

遠くでウェイターの声がした。個室《コンパートメント》に料理が運ばれてきたようだ。

しばらく会話は中断されるだろう。

鳴海はいったん盗聴を打ち切り、テレフォンブースに歩《ほ》を進めた。緑色の受話器を耳に当て、電話をかける真似をした。

北海道の暴力団は二十数年前から、北方四島近海での蟹密漁を大きな資金源としてきた。根室や知床《しれとこ》の命知らずの漁師たちを二百馬力の高性能エンジンを四基も積んだ高速小型船に乗せ、ロシア領海でタラバ蟹、毛蟹、花咲蟹《はなさきがに》を密漁させて、年間数百億円の利益をあげていた。

赤いダイヤの別名で呼ばれる北洋の蟹は、ひと山当てると、ビルやマンションが建つ。しかし、それもソ連邦崩壊までだった。

経済危機に陥ったロシアは水産ビジネスで外貨を稼ぐ目的で、自国産の蟹を大量に日本に輸出するようになった。輸出量は年々増え、現在はタラバ蟹約二千トン、毛蟹約千三百トン、ズワイ蟹約三百トンにも及ぶ。

いまや蟹の輸入ビジネスは五千億円市場に成長し、大手水産会社、商社、外資系企業が鎬《しのぎ》を削《けず》っている。日露合弁会社も増える一方だ。

表《おもて》ルートのない暴力団は危険《リスク》の多い特攻船による密漁に見切りをつけ、ロシア漁業公団の横流しの蟹をオホーツク沖で買い付けるようになった。ロシア人漁民に密漁させるケースも少なくない。

裏ルートでの買い付け値は、驚くほど安い。毛蟹を十トン買い付ければ、二千万円前後の粗利《あらり》が出る。高いタラバ蟹なら、その数倍は儲かるわけだ。いずれも洋上取引で、海霧《ガス》の濃い夜に行われている。

おおかた樋口は道内の暴力団を使って、ロシアから不正な方法で各種の蟹を買い付けさせているのだろう。その儲けで、『第三ファイナンス』の負債を少なくしているにちがいない。

鳴海は受話器をフックに戻し、ふたたび観葉植物の陰に入った。集音マイクを個室《コンパートメント》の仕切り壁に宛《あて》がう。

――そう遠くないうちに、川鍋組《かわなべぐみ》も自社ビルをもう一棟建てそうだな。

――社長、ご冗談を。わたしの組は北辰会《ほくしんかい》の第三次の下部団体《エダ》なんです。もう一棟など夢のまた夢ですよ。社長のお手伝いで、少しは懐が温かくなりましたがね。

――赤いダイヤもそうだが、メインの裏ビジネスのほうもしっかりやってくれよ。そっちは絶対に失敗は許されない。

――わかってますよ。ところで、イリーナさんはお元気ですか？

――ああ。

――社長が羨ましいな。あんなにきれいなロシア娘を囲えるんですから。

――なあに、たいした手当を弾んでるわけじゃないんだ。川鍋君だって、その気になれば、イリーナ以上の金髪美人を愛人にできるさ。ロシアにいたら、彼女たちは日本円にして二、三万の月収しか稼げないんだ。月に二十万も渡せば、至《いた》れり尽《つ》くせりのサービスをしてくれるよ。

――しかし、わたしはロシア語も英語も話せませんからね。

――男と女がベッドで愉《たの》しむのに、言葉はそう必要ないさ。

――それもそうですね。そのうち、わたしも小柄なロシア女を回してもらうかな？

――そうしたまえ。

樋口が言って、何か口の中に入れた。川鍋と呼ばれた男はビールを傾けたようだ。

また、話が中断した。

ふと鳴海は、背中に他人の視線を感じた。集音マイクを掌《てのひら》の中に隠し、ゆっくりと振り返る。すぐそばに、ウェイターが立っていた。

「お客さま、そこで何を？」

「ゴキブリ、ゴキブリがいたんだよ」

鳴海は、とっさに言い繕《つくろ》った。

「ほんとですか⁉」

「ああ。壁面を這ってたんだが、潰《つぶ》し損なっちゃってな」

「わたくしが退治します。お客さまは、どうぞお席にお戻りください」

ウェイターが恐縮した表情で言った。

鳴海はうなずき、何事もなかったような顔で自分のテーブルに戻った。ビールを飲みながら、北京料理を平らげる。

樋口たち二人が個室《コンパートメント》から出てきたのは、八時二十分ごろだった。

鳴海は少し間《ま》を取ってから、おもむろに立ち上がった。樋口と川鍋はチャイニーズ・レストランを出ると、ホテルの玄関前でタクシーに乗った。

鳴海もすぐにタクシーに乗り込み、ふたたび樋口たちの車を追った。前走のタクシーは大通《おおどおり》公園方向に進み、薄野《すすきの》の飲食店ビルの前で停まった。

鳴海はタクシーを降りた。

樋口と川鍋は、七階にある会員制クラブに入っていった。鳴海はそれを見届け、エレベーターで一階に降りた。

飲食店ビルの斜め前に、喫茶店がある。

鳴海は店に入り、道路側の席に坐った。窓は嵌《は》め殺しのガラスになっていた。斜め前の飲食店ビルの出入口が見通せる。

鳴海はコーヒーをオーダーし、店に備えてあった全国紙と地方紙を丹念に読んだ。

全国紙の社会面を隅まで見たが、四谷署の平沼刑事の関連記事は一行も載っていなかった。

それはそうと、金沢の竜神連合会の事件はどうなったのだろうか。その後、マスコミでは何も報じられていない。ということは、まだ捜査線上に自分と御影のことは浮かんでいないようだ。

鳴海は、小日向あかりのことを思い出した。すでに美人演歌歌手の存在は想い出の中に埋もれかけていた。

コーヒーが運ばれてきた。

ブラックで啜《すす》っていると、脈絡もなく智奈美の顔が脳裏に浮かんだ。

天現寺のマンションで、彼女は時間を持て余しているのではないか。それとも、昨夜のことで自分の軽率さを責めているのだろうか。

智奈美は漠とした不安と寂しさに圧《お》し潰されそうになり、鳴海に縋《すが》っただけなのかもしれない。

仮にそうだったとしても、魅力的な女に頼られるのは悪い気分ではなかった。智奈美が何かを望むなら、できる限り力になってあげたい。

鳴海は新聞を読み終えると、店の週刊誌のページを繰《く》りはじめた。じっくりと読みたくなるような記事はなかった。

樋口がひとりで飲食店ビルから出てきたのは、十時数分前だった。『プチ・ビストロ・ジャポン』の社長は通りを斜めに横切り、喫茶店に入ってきた。

尾行に気づかれていたのか。

鳴海は一瞬、うろたえた。だが、そうではなかった。樋口はレジの横のガラスケースを覗き込み、ケーキを選びはじめた。

イリーナとかいう名のロシア娘のお土産《みやげ》にするのだろう。

鳴海は卓上の伝票を抓《つま》み上げた。

ほどなくケーキの箱を抱えた樋口が店を出た。鳴海は大急ぎで支払いを済ませ、外に飛び出した。

樋口は薄野の表通りに向かっていた。

鳴海は十五、六メートル後ろから尾《つ》けはじめた。広い車道に出ると、樋口は空車を捕まえた。

鳴海も車道の端に立ち、流しのタクシーを拾った。樋口を乗せたタクシーは中島公園の先を左折し、豊平川《とよひらがわ》沿いに建つ三階建てのマンションの前で停止した。

鳴海は少し後ろでタクシーを停めさせ、樋口の動きを目で追った。

樋口は馴《な》れた足取りで、低層マンションの階段を昇り、三階の角部屋の前で立ち止まった。各戸の玄関は、道路に面していた。

鳴海はタクシーを降り、低層マンションの歩廊《ほろう》を見上げた。

三階の三〇一号室のドアが開き、金髪の白人女性が出迎えに現われた。イリーナだろう。

樋口が二十二、三歳の女にケーキの箱を渡し、後ろ手に玄関ドアを閉めた。

少ししたら、あの部屋に押し入ろう。

鳴海は上着のポケットから、手製の万能鍵を取り出した。服役中に空き巣の常習犯から、万能鍵の作り方を教わったのである。

耳掻《みみか》き棒ほどの長さだが、平べったい金属板だ。溝が三つあった。

2

金属が嚙み合った。

手応えは確かだった。

鳴海は万能鍵を捻《ひね》った。シリンダー錠の外れる音がした。樋口が三〇一号室に入ってから、およそ二十分が過ぎていた。

鳴海は素手ではなかった。布手袋《ぬのてぶくろ》を嵌《は》めている。前科者が犯行現場に指紋や掌紋《しょうもん》を残したら、身の破滅だ。

鳴海は左右に目を配ってから、ドアを細く開けた。

チェーンは掛かっていなかった。

鳴海はにんまりし、素早く室内に入った。息を詰め、耳をそばだてる。

奥から女のなまめかしい呻き声がかすかに響いてきた。どうやら樋口はロシア娘と情事に耽《ふけ》っているらしい。

鳴海は玄関ホールに上がった。

土足だった。爪先《つまさき》に重心をかけ、奥に進む。

間取りは1LDKだった。居間のコーヒーテーブルには、ケーキ皿や紅茶茶碗が載っていた。LDKに人の姿はない。

鳴海は右手の寝室に近づいた。寝室のドアは半開きだった。

ドアの隙間から、寝室を覗き込む。

ダブルベッドの上に、金髪の白人女性が仰向けに横たわっていた。全裸だった。

樋口は女の股の間に這《は》いつくばって、性器を舐め回していた。

湿った音が淫猥《いんわい》だった。樋口も素っ裸だ。

寝室の電灯は煌々《こうこう》と灯《とも》っていた。十畳ほどのスペースだった。窓と反対側に、ルーバータイプのクローゼットがある。

「イリーナ、どうなんだ？　いいのか？《ハラショー》」

樋口が口唇愛撫を中断させ、女に日本語で訊《き》いた。

「ええ《ダー》」

「女のここは、ロシア語でなんと言うんだね？」

「その日本語、わかりません。英語で喋って」

イリーナが日本語で言った。樋口が英語で言い直した。

すると、イリーナが嬌声《きょうせい》をあげた。彼女は母国語で短く何か言って、切なげに腰を迫《せ》り上げた。

樋口がふたたびイリーナの股間に顔を埋め、喉を鳴らしはじめた。秘めやかな肉片を口いっぱいに吸い込み、犬のように首を左右に振った。

イリーナは甘やかに喘《あえ》ぎ、自分の乳房を両手でまさぐりはじめた。量感のある隆起は、さまざまに形を変えた。

乳首は淡紅色だった。乳暈《にゅううん》は腫《は》れたように盛り上がっている。

バター色の飾り毛は、それほど濃くない。樋口の唾液で濡れ、ところどころ紐《ひも》のように固まっていた。

イリーナの喘ぎが呻きに変わった。

鳴海はドアをノックした。樋口がぎょっとして、上体を起こした。

「だ、誰なんだ？」

「おれだよ」

鳴海はウィッグと黒縁眼鏡を外し、ベッドに歩み寄った。

「お、おまえは……」

まともにヒットした。

鳴海は左腕を耳の後ろまで引き、麺口の顔面にロングフックを放った。パンチは、
樋口が呻くように呟いた。イリーナが怯《おび》えた表情で裸身を毛布で隠した。

「東京から、わたしを尾けてきたのか⁉」

「そう、八木正則の友達《ダチ》だよ」


樋口がダブルベッドから転げ落ちた。

「あなた、何しに来た？」

イリーナが、たどたどしい日本語で問いかけてきた。

「あんたのパトロンに訊きてえことがあるんだ。ちょっとおとなしくしててくれ」

「わたし、静かにしてる。だから、暴力《バイオレンス》、困ります」

「おれは、女を殴ったりしねえよ」

鳴海はイリーナに言い、ベッドを回り込んだ。

「わ、わたしが何をしたと言うんだっ」

樋口が半身を起こし、声を張った。迫《せ》り出した腹が大きく弾んでいる。

「てめえが八木と四谷署の平沼刑事を誰かに殺《や》らせたんだなっ」

「な、何を言ってるんだ⁉　八木氏は歩道橋の階段から足を踏み外して、転落死したとマスコミで報道されてたじゃないか」

「事実は、そうじゃねえんだ。八木ちゃんの首筋には青痣《あおあざ》があった。四谷署はその打撲傷を特に気に留めることなく、事故死と処理しちまった。けど、平沼って刑事は他殺と睨んで、職務外の時間に単独で事件《ヤマ》の洗い直しをやった。それで、他殺を裏付ける証拠を摑みかけてたんだろう。だが、平沼も口を封じられちまった。どっちも殺人指令を出したのは、てめえだなっ」

鳴海は樋口に鋭い目を向けた。

「なんで、そうなるんだっ。わたしは八木氏とＦＣ契約のことで少し揉めてたが、彼を殺させる理由なんか何もない。現に先日、あんたが同席してるところで八木氏の奥さんと和解したじゃないか」

「ああ、それはな。しかし、てめえは八木正則を始末しなけりゃならなかった」

「なぜ、なぜなんだ？」

「てめえは、八木ちゃんに弱みを握られたんだろうが！」

「弱みだって⁉　わたしに、そんなものはないっ」

樋口が興奮気味に叫んだ。イリーナがベッドで体を丸め、頭から毛布を引っ被《かぶ》った。

「去年、てめえはデリバティブ取引で三百億円近い損失を出したよな？」

「誰から、その話を聞いたんだ⁉」

「いいから、質問に答えろっ」

「あんたの言った通りだよ」

「てめえはデリバティブ取引の資金の多くを第三生命の子会社の『第三ファイナンス』から調達してた。そうだな?」

「なんで、そこまで知ってるんだ⁉」

「巨額の負債を抱え込んだ『プチ・ビストロ・ジャポン』は少しでも赤字を埋めたくて、加盟店オーナーに難癖をつけて、次々にFC契約を解除した。その目的は新規オーナーから保証金、成約預託金、ロイヤルティーをぶったくることだ」

「おい、臆測で物を言うな。わたしがそんな汚いビジネスをするわけないだろうがっ」

「小悪党め!」

鳴海は樋口の肩を蹴った。

樋口が呻いて、床に引っくり返った。ペニスは縮こまっていた。

「そんな方法だけじゃ、焼け石に水だった。そこで、てめえは北辰会川鍋組を使って、ロシアで密漁された蟹を大量に買い付けさせるようになった。そのほかにも、何か裏ビジネスをやらせてるなっ」

「ばかばかしくて、答える気にもなれんね」

「ロシアから麻薬や銃器も密輸入してるんじゃねえのかっ」

鳴海は怒鳴った。樋口は何も答えなかった。

現在、旧ソ連全土には約一万組のマフィアが群雄割拠《ぐんゆうかっきょ》し、縄張り争いに明け暮れている。全体の組員数は五十万人にも及ぶ。

マフィアの数はロシア連邦が最も多く、六千近い。総組員数は二十万人を超えると言われている。その次に勢力があるのは、チェチェン・マフィアだ。二大勢力はソ連邦が解体されて以来、凄まじい殺戮戦《さつりくせん》を繰り返している。

この二派のほかに、グルジア・マフィアやアゼルバイジャン・マフィアたちも暗躍している。その予備軍も多い。

ロシアのマフィアたちは四千数百の企業を支配し、多くの国営企業からも甘い汁を吸っている。銀行、運輸会社、貿易会社、不動産会社の大半が彼らと何らかの関わりがある。

各派の幹部たちは元軍将校や元ＫＧＢ工作員だ。現職の軍人や警官もたくさん混じっている。

マフィアの親分たちは悪徳官僚と深く結びついて、悪行《あくぎょう》を重ねている。

兵器、石油、水産物の横流し品を堂々と密売し、外国人相手の高級コールガール組織や秘密カジノも経営している。それだけではない。企業を乗っ取り、新興財閥からは巨額のみかじめ料を脅し取っている。

ロシアの闇社会から入手できない物はない。

現地でなら、トカレフは一挺《いっちょう》二万円で買える。将校用拳銃のマカロフでも三万円、カラシニコフ自動小銃が四万円という安さだ。

核物質も例外ではない。

〝アトム・マフィア〟と呼ばれる核専門の密売組織はバルト三国経由で濃縮ウランやプルトニウムを百万ドル以下で外国に流している。ウクライナから大量に流出した中距離核ミサイルSS―20の核弾頭などは値崩れを起こし、いまや七万ドルだ。

荒っぽいマフィアのボスは、殺人請負会社を設立し、年に二千件もの殺人依頼をこなしている。実行犯はロシア軍の現役特殊部隊員や破壊活動専門の将校たちだ。依頼人の大半は企業家や銀行家である。

鳴海は、そうした情報を刑務所仲間や情報屋の麦倉などから得ていた。

「ブリーフを穿《は》かせてくれないか」

樋口が弱々しく言った。

鳴海は黙殺して、イリーナの毛布を乱暴に剝《は》いだ。イリーナの裸身が露《あらわ》になった。血管が透《す》けて見えるほど肌が白い。

「あんた、モスクワ生まれなのか？」

鳴海はイリーナに訊いた。

「それ、違う。もっと東の小さな町ね。モスクワに大学があった。わかります？」

「ああ。日本には、いつ来た？」

「それは……」

イリーナの青い瞳に、戸惑いの色が宿った。ロシア娘は樋口に救いを求めるような眼差《まなざ》しを向けた。

樋口が小さく首を横に振った。

「密入国だなっ」

鳴海はイリーナを見据えた。

「その日本語、わかりません。ごめんなさいね」

「空とぼける気か」

「その意味も、わたし、わからない。あなた、英語できますか？」

「日本語だけだ」

「それ、困りましたね。わたしたち、会話できない」

イリーナが肩を竦《すく》めた。

鳴海は舌打ちして、イリーナの腰を抱き寄せた。イリーナがロシア語で何か喚《わめ》き、全身で暴《あば》れた。動くたびに、豊満な乳房が揺れた。

「おい、何をする気なんだ⁉」

樋口が驚き、膝立ちになった。

「てめえが口を割らなきゃ、この女を姦《や》っちまうぜ」

「無茶を言うな。わたしは何も悪いことなんかしてないんだ。もちろん、八木氏や平沼とかいう刑事の事件には、まったく関わってない」

「そうかい」

鳴海はイリーナを片腕でホールドし、彼女のはざまの肉を弄《もてあそ》びはじめた。

ベッドに這う形になったイリーナは白桃のような尻を振って、鳴海の手を外そうとした。

鳴海はイリーナを引き寄せ、敏感な突起に指を当てた。

その部分は、すぐに硬く張り詰めた。鳴海は芯《しん》の塊《かたまり》を指の腹で圧《お》し転がしつづけた。

時々、二本の指で抓《つま》んで揉みたてる。残りの指でフリル状の合わせ目を打ち震わせ、奥の襞《ひだ》を慈《いつく》しんだ。

いつしかイリーナは、甘やかな呻きを洩らすようになっていた。体の芯は熱くぬかるんでいた。

「その男から離れろ。イリーナ、早く離れるんだ」

樋口が愛人を叱《しか》りつけた。イリーナは尻をもぞもぞさせるだけで、返事をしない。

「喋る気になったかい？」

鳴海は樋口に声をかけた。

「金をやるから、部屋から出てってくれ」

「話を逸《そ》らすんじゃねえ！」

「身に覚えのないことは話しようがないじゃないか。高級ソープで二、三度遊べるぐらいの金を渡すから、イリーナにおかしなことはしないでくれ」

「この女は別段、迷惑がっちゃいないぜ。それどころか、けっこう感じてる。てめえにもわかるよな？」

「うん、まあ」

樋口が絶望的な溜息をついて、床に胡坐《あぐら》をかいた。

いつからか、鳴海の下腹部は熱を孕《はら》んでいた。スラックスのファスナーを引き下ろし、猛《たけ》ったペニスを摑み出した。

「あっ、よせ！　やめてくれーっ」

樋口が悲痛な声を発した。

鳴海は取り合わなかった。イリーナの縦筋を押し開き、刺すように貫《つらぬ》いた。

イリーナが短く呻き、背中を反らした。

鳴海は愛らしいピラミッドを愛撫しながら、ワイルドに突きはじめた。イリーナは、すぐにリズムを合わせた。

「なんてことだ。なんだって、こんなことになってしまったんだっ」

樋口が嘆いて、顔を背《そむ》けた。

イリーナがロシア語で何か口走りながら、狂おしげに腰をくねらせはじめた。

鳴海は突き、捻《ひね》り、また突いた。

器《うつわ》はやや緩《ゆる》めだが、とば口の締まりは悪くない。イリーナが息を吸い込むたびに、ぐっと狭《せば》まった。鳴海は抽送しつづけた。
六、七分経《た》つと、不意にロシア娘は頂《いただき》に駆け昇った。
体を幾度も硬直させながら、悦《よろこ》びの声を高く轟かせた。

イリーナは裸身を痙攣《けいれん》させながら、顔をフラットシーツに埋めた。ヒップを高く突き出す恰好《かっこう》になった。

鳴海は両腕でイリーナの腰を抱え込み、がむしゃらに突いた。肉と肉が激しくぶつかり合い、マットレスが弾んだ。

イリーナがブロンドヘアを振り乱しながら、盛んに迎え腰を使った。

鳴海はラストスパートをかけた。

イリーナが先に二度目のクライマックスを迎えた。少し遅れて、鳴海も爆《は》ぜた。その瞬間、脳裏で智奈美の顔が閃《ひらめ》いた。

鳴海は余韻《よいん》を味わってから、萎《な》えた分身を引き抜いた。

イリーナは、そのまま俯《うつぶ》せになった。鳴海は毛布で汚れたペニスを拭ってから、トランクスの中に収めた。

「もう気が済んだだろっ。早く消えてくれ」

樋口が吼《ほ》えた。

鳴海は片目を眇《すが》め、ベッドを回り込んだ。樋口が怯《おび》え、後ろに退《さ》がった。坐ったままだった。

「一からやり直しだ」

鳴海は言って、樋口を蹴りはじめた。急所を外し、靴で何度も蹴った。

足を飛ばしているうちに、馴染み深い旋律が頭のどこかで鳴り響きはじめた。アルバート・アイラーの『精霊《ゴースト》』だった。

殺意と闘志が漲《みなぎ》り、全身の筋肉が勇み立つ。血の流れも速《はや》い。大脳皮質の下で、何かが烈《はげ》しく波立っている。頭の中はマグマのように熱い。

大胸筋や上腕三頭筋が沸《わ》き立っている。肥大した肺と動脈がいまにも破裂しそうだ。

——待て、待て！　樋口を殺《や》っちまったら、せっかくの苦労が水の泡になっちまうぜ。ここは、ぐっと堪《こら》えよう。

鳴海は幾度も深呼吸し、興奮を鎮《しず》めた。

樋口は口から血を流しながら、ぐったりとしていた。鳴海はふと思いついて、イリーナに声をかけた。

「樋口のペニスを大きくしてくれ」

「わたし、それ、できない。恥ずかしいから」

「やらなきゃ、あんたの大事なとこに靴の先をめり込ませるぜ」

「本気なの、それ⁉」

「もちろんだ」

「いいわ《ダー》。わたし、やる」

イリーナが肚《はら》を括《くく》り、ベッドから降りた。逃げようとしたパトロンの腰を抱え込み、ペニスの根元を握り込んだ。

亀頭が膨らむと、イリーナは樋口の男根《だんこん》を呑《の》んだ。

ひとしきり熱っぽいフェラチオがつづいた。

鳴海はベッドの端に腰かけ、煙草をくわえた。一服し終えると、イリーナが樋口の股間から顔を上げた。

樋口はエレクトしていた。といっても、硬度は高くない。

「どうすればいいの？」

「ペニスを嚙み千切るんだ」

「そ、そんなことできない」

「やるんだっ」

鳴海はイリーナの尻を爪先で軽く蹴った。

イリーナが渋々、ふたたび樋口の分身に赤い唇を被せた。ちょうどそのとき、寝室の出入口で足音がした。

鳴海は上体を捩《ねじ》った。

大柄の白人男が立っていた。髪の毛は栗色だ。三十代の半《なか》ばだろうか。スラブ系の顔立ちだ。

「ロシア人だなっ」

鳴海は立ち上がった。

ほとんど同時に、男の手の中でかすかな発射音がした。鳴海は腹部に何か撃ち込まれた。ただの銃弾ではない。麻酔弾だろうか。

イリーナが身を起こし、寝室から逃げ出した。

「てめえ、殺し屋なのかっ」

鳴海は身構えながら、ベッドを回り込んだ。

そのとき、急に視界が大きく揺れた。体に痺《しび》れも感じた。鳴海は足を踏んばった。

しかし、体に力が入らない。頽《くずお》れたとたん、意識が混濁《こんだく》した。

それから、どれほどの時間が経過したのか。

鳴海は我に返った。意識を失った場所から少し離れた床に倒れていた。

イリーナと栗色の髪をした白人男の姿はない。

寝室には濃い血臭が漂っている。

鳴海は、血糊と脂《あぶら》でぎらつく日本刀を握らされていた。素手だった。

日本刀を投げ捨て、敏捷《びんしょう》に跳ね起きる。

鳴海は背筋が凍った。なんとベッドの上には、樋口の斬殺体《ざんさつたい》が横たわっているではないか。

ほぼ全身を撫で斬りにされ、喉と心臓部を突かれている。血達磨《ちだるま》だった。寝具も真っ赤だ。

——大柄な白人野郎がおれを樋口殺しの犯人《ホシ》に仕立てようとしやがったんだな。冗談じゃねえ。

鳴海はハンカチで日本刀の柄を何度も拭い、寝室を出た。

衣服にも血が付着していた。鳴海は洗面所に走り、まず両手の血を水で洗い落とした。濡らしたタオルで、衣服に付いた血をぼかす。

あらかた汚れが消えたころ、パトカーのサイレンが響いてきた。複数だった。

鳴海はドア・ノブをタオルで拭《ふ》き、急いで三〇一号室から離れた。マンションの階段を一気に駆け降り、すぐさま裏通りに走り入った。

いくらも走らないうちに、耳の真横を何かが疾駆《しっく》していった。

衝撃波から、銃弾だとわかった。銃声は聞こえなかった。サイレンサー付きの拳銃で狙われたのだろう。

鳴海は身を屈《かが》めながら、民家の門柱に身を寄せた。

すぐ近くの辻に、栗色の髪をした大男が立っていた。サイレンサー・ピストルを手にしている。マカロフPbだろう。

ロシア人らしい男が二発連射してきた。どちらも的《まと》から少し逸《そ》れていた。

不意に男が身を翻《ひるがえ》した。

鳴海は追った。辻まで走ったとき、暗がりから地味な色の乗用車が急発進した。

ドライバーは栗色の髪をした男だろう。車内には、イリーナもいるのかもしれない。

鳴海は懸命に車を追いかけた。

だが、瞬《またた》く間に引き離された。じきに車は闇に紛《まぎ》れてしまった。

こうなったら、北辰会川鍋組の組長をマークするほかない。

鳴海はサイレンとは逆方向に走りはじめた。

3

小さなビルだった。

四階建てで、一階店舗は不動産屋になっていた。その上の各階の窓ガラスには、川鍋商事という文字が見える。北辰会川鍋組の事務所だ。

ビルは狸小路《たぬきこうじ》に面していた。

不動産屋も、組長の川鍋が経営しているのだろう。ビルの前には、ブリリアントシルバーのメルセデス・ベンツと黒のキャデラック・セビルが縦列《じゅうれつ》に駐《と》めてあった。

鳴海はパジェロのフロントガラス越しに川鍋組の事務所を注視していた。車はレンタカーだった。

午後二時過ぎだ。張り込んだのは、ちょうど一時間前だった。

昨夜、鳴海は北海道大学の近くにあるビジネスホテルに泊まった。めざめたのは、午前九時前だった。

鳴海は、すぐにテレビのスイッチを入れた。地元のテレビ局は、前夜、『プチ・ビストロ・ジャポン』の樋口社長が斬殺された事件を大きく取り上げていた。

報道によると、イリーナが住んでいたマンションの部屋の借り主は樋口だったという。月々の家賃も彼が払っていたらしい。

警察は、まだ犯人の手がかりを摑んでいない様子だった。

鳴海は午前十時にホテルを出ると、札幌市内のデパートで衣服を買い求めた。

すぐに手洗いのブースの中で新しい服に着替え、クラフトショップで牛革の端切《はぎ》れと金属鋲《セスタス》を購入した。革細工の工具一式も買った。

鳴海はレンタカーを借り、北大付属植物園の裏通りに車を停めた。

一服してから、ハードグローブを造りはじめた。革をバンデージほどの幅にカットし、ピラミッド型の金属鋲《きんぞくびょう》を裏側から打ち込む。

それで、出来上がりだ。たいして手間はかからなかった。

手造りのハードグローブを甲に巻くだけで、ナックルの数倍は相手にダメージを与えられる。パンチが当たるたびに敵の皮膚は破れ、肉も抉《えぐ》れるはずだ。

手製の喧嘩道具をこしらえると、鳴海は時計台の並びにある食堂でジンギスカンを二人前、食べた。早目の昼食だった。その後、この場所にやってきたのである。

携帯電話がウールジャケットの内ポケットで鳴った。

鳴海は携帯電話を耳に当てた。麦倉の不安定な音声が途切れ途切れに流れてきた。

電波状態がよくないらしい。

「もしもし、聞こえる？」

「ああ、なんとかな」

「ずいぶん声が遠いなあ。鳴やん、どこにいるんだい？」

「札幌だよ」

鳴海は経緯《いきさつ》を手短に話した。

「樋口まで殺されちまったのか。意外な展開になったな」

「ああ。おそらく樋口は、共犯者に消されたんだろう」

「第三生命の針貝とかいう専務かい？」

「多分な。そうじゃないとすれば、『第三ファイナンス』の重役クラスの人間だろう。まだ根拠があるわけじゃねえんだが、殺された樋口は『第三ファイナンス』の借金を棒引きにしてもらうという条件で、北辰会川鍋組にロシア海域で密漁された蟹を洋上で買い付けさせてたんだろう。さらに樋口は、ロシア人たちを密入国させてたのかもしれない」

「密入国？」

麦倉が反問した。

「ああ。ロシア経済は、いまやガタガタだよな。いい思いをしてるのは企業家やマフィアどもだけで、一般国民の暮らしは貧しい」

「そうだな。女医でさえも暮らしがきつくなって、高級娼婦をやってるって話だからなあ」

「ヨーロッパ各地に出稼ぎに行く連中も多いらしいぜ。日本にも十年ほど前から、密入国したと思われるロシア娘が増えてる。六本木や赤坂には、秘密ロシアン・クラブが何軒もある」

「新宿にも、二、三軒あるぜ。そうか、蛇頭ビジネスのロシア版は確かに将来性があるよな」

「ああ。密入国者たちに麻薬や銃器を運ばせりゃ、もっと儲かるわけだ」

「なるほどね。そうだ、肝心なことが後回しになっちゃったな。二階堂組の森内組長がついさっき死んだぜ」

「ほんとかい⁉」

「ああ。森内は昨夜《ゆうべ》、職安通りで上海マフィアの連中とちょっとした喧嘩《ゴタ》を起こして、トカレフで撃《ハジ》かれたんだ。すぐに救急病院に担《かつ》ぎ込まれたんだが、意識不明のまま……」

「そうか」

「鳴やん、よかったな。森内がくたばっちまったんだから、二階堂組の奴らはもう鳴やんを追ったりしないよ」

「別にビビってたわけじゃねえぜ、おれは。連中が何か仕掛けてきやがったら、ぶっ殺してやるつもりだったんだ」

「そんなふうに短気になると、何かと損だぜ。鳴やん、もっと大人になれよ」

「言ってくれるじゃねえか。ギャンブルと女で身を持ち崩した麦さんが人生訓を垂れるのかい？」

「そうオーバーに考えるなよ。それより、あまり無鉄砲なことやるなよな」

「おれは、八木ちゃんに借りを返してえだけさ」

鳴海は通話を打ち切った。

長い時間が過ぎた。

川鍋が姿を見せたのは、夕方の五時ごろだった。きちんとスーツを着込んでいる。これから誰かと会うことになっているのか。

川鍋は黒いキャデラック・セビルに乗り込んだ。

鳴海はギアをＤ《ドライブ》レンジに入れた。

川鍋の車が発進した。鳴海もパジェロを走らせはじめた。

キャデラック・セビルは三越デパートの横を抜け、札幌駅南口方面に向かっている。

十分ほど走り、川鍋の運転する米国車は北海道庁のそばにある高層ホテルの地下駐車場に潜《もぐ》った。

鳴海もパジェロを地下駐車場に入れた。車を降りた川鍋は階段を使って、一階ロビーに上がった。

鳴海は川鍋を追った。

川鍋は、ロビーから庭園を眺めている五十年配の白人男性に近づいた。砂色の頭髪の外国人が両手を大きく拡《ひろ》げ、親しげに川鍋の肩を抱いた。

二人は改めて握手し、隅のソファに腰かけた。

鳴海は物陰から、白人男性の顔をよく見た。アングロ・サクソン系やラテン系の顔立ちではなかった。目つきが鷹《たか》のように鋭い。

多分、ロシア人だろう。

ロビーを見回すと、近くにホテルの女性従業員が立っていた。鳴海はさりげなく近づき、話しかけた。

「奥のソファに坐ってる五十絡《がら》みの外国人は、ロシアの有名なピアニストのウラジミール・ストロエフさんでしょ？」

「どの方でしょうか？」

女性従業員が視線をさまよわせた。鳴海は控え目に指さした。

「ウラジミールさんだよね？」

「いいえ、あの方はピアニストではありません。ロシアの方ですが、水産関係の仕事をされてるミハイル・カリニチェンコさんです」

ホテルの女性従業員は言ってから、慌《あわ》てて口を押さえた。客の個人的な事柄まで喋ってしまったことを後悔したのだろう。

「なあんだ、人違いだったのか。それにしても、ウラジミール・ストロエフさんによく似てるなあ」

「そうですか」

「あのロシア人は、このホテルをよく利用してるようだね？」

「ええ、月に一度はウラジオストクから商用ビザで……」

「そう。仕事の邪魔をしちゃったな。ごめん！」

鳴海は相手に詫び、フロント寄りのソファに腰を沈めた。両切りのキャメルをくわえる。

ミハイル・カリニチェンコは、いったい何者なのか。ロシア漁業公団か、日ロ合弁の水産会社のスタッフなのか。

――あの砂色の髪の男がロシア漁民にタラバ蟹なんかを密漁させてんだろうか。ただ、それだけじゃなさそうだな。

鳴海はそう思いながら、煙草の煙を口の端から吐き出した。

男は川鍋と談笑しながらも、しきりに周囲を気にしている。なんとなく徒者《ただもの》ではなさそうな雰囲気だ。やくざの川鍋と親交があることを考えると、何らかの犯罪組織のメンバー臭い。

喫《す》いさしの煙草をスタンド型の灰皿の中に落としたとき、川鍋とロシア人がほぼ同時に立ち上がった。

二人はフロントの前を通り、地下駐車場に通じる階段を下《くだ》りはじめた。鳴海は腰を浮かせ、川鍋たちを追尾した。

地下駐車場に降りると、ちょうど二人がキャデラック・セビルに乗り込みかけていた。ミハイル・カリニチェンコは助手席に坐った。

川鍋の車が駐車場のスロープに向かうと、鳴海はパジェロを発進させた。キャデラック・セビルは札幌IC方面に走っている。

鳴海は慎重に尾行した。ウィッグも黒縁眼鏡も付けていなかった。どちらもグローブボックスの中に入っている。

やがて、川鍋の車は札幌ICから道央自動車道に入った。行き先の見当はつかなかった。

鳴海はひたすら追走した。

キャデラック・セビルは千歳ICで降り、千歳国道に入った。

どうやら川鍋たちの目的地は新千歳空港らしい。二人は釧路あたりに飛ぶのか。

川鍋は空港ターミナルビルの前に車を停め、自分だけ外に出た。ハザードランプが灯《とも》っている。

誰かを出迎えるようだ。鳴海はキャデラック・セビルの三十メートルほど後方に四輪駆動車を停止させた。

一瞬、助手席のロシア人を拉致《らち》する気になった。だが、すぐに思い留《とど》まった。

ミハイル・カリニチェンコが拳銃を所持している可能性もある。拉致できなかったら、元も子もない。

川鍋がターミナルビルの中に消えた。

数分待つと、組長は二人の男と一緒に表に現われた。ひとりは二村だった。

もう片方は、初めて見る顔だ。五十一、二歳で、小太りだった。縁なしの眼鏡をかけている。二村は胸を押さえながら、ゆっくりと歩いていた。肋骨がまだ痛むのだろう。二村と小太りの男は、助手席のロシア人に目礼した。

ミハイルが片手を挙げて応えた。それぞれ面識があるらしい。

二村と小太りの男は、キャデラック・セビルの後部座席に乗り込んだ。川鍋が運転席に入り、車を走らせはじめた。

二村の隣にいる男は、第三生命の人間なのだろうか。それとも、子会社の『第三ファイナンス』の関係者なのか。

鳴海はパジェロを発進させた。

川鍋の車は札幌に引き返すのか。そう見当をつけたが、キャデラックは支笏湖《しこつこ》方面に向かった。湖まで、数十キロしか離れていない。

支笏湖は恵庭岳《えにわだけ》の裾野にある日本最北の不凍湖だ。水深は全国の湖の中で第二位だったのではないか。

鳴海は短い間だったが、道内に住む弁護士の用心棒を務めたことがある。そのとき、支笏湖と洞爺湖《とうやこ》を訪れていた。

原生林に覆われた山々が湖岸に迫る支笏湖は、どこか神秘的だった。藍色《あいいろ》の水を湛《たた》えた湖面は美しかった。

支笏湖か洞爺湖の近くに何かアジトめいたものがあるのではないか。

鳴海は、そんな気がした。

支笏湖に通じる道路は、思いのほか空いていた。車の数は少ない。

鳴海は少し減速した。

キャデラック・セビルは支笏湖温泉の旅館街を抜けると、しばらく湖に沿って走った。恵庭岳の東麓から山道に入り、ほどなく第三生命の保養所の敷地内に吸い込まれた。

敷地はかなり広い。優《ゆう》に千坪はあるだろう。奥まった所に、三階建ての建物が見える。

鉄筋コンクリート造りだが、それほど新しくはない。ベージュの外壁はくすんでいる。

鳴海は保養所の前を素通りし、百メートルほど先の暗がりにパジェロを停めた。ハードグローブを上着のポケットに突っ込み、静かに車を降りた。

周《まわ》りは原生林で、民家もリゾートマンションもない。葉擦《はず》れの音が潮騒《しおさい》のように聞こえる。

鳴海は少し山道を下《くだ》り、保養所の上の原生林の中に分け入った。

羊歯《しだ》が地表を埋め尽くし、新緑の濃い匂いが立ちこめている。むせそうだった。

漆黒《しっこく》の闇に近い。だが、目はじきに暗さに馴《な》れた。鳴海は夜目《よめ》も利くほうだ。

山道と並行する形で斜面を下《くだ》り、第三生命の保養所に接近した。建物の屋上の手摺には、どういうわけか、青いシートが張り巡らされていた。

目隠しだろう。

鳴海は山の斜面を登り、屋上を見下ろした。パラボラ・アンテナが林立し、小型レーダーのような物も見える。

ここは何かのスパイ基地なのではないか。

鳴海は、そう直感した。

建物を仔細《しさい》に眺めると、三階の窓はすべてブラインドで閉ざされていた。

電灯の光は、まったく見えない。一、二階には電灯が点いているが、窓はカーテンで塞《ふさ》がれていた。

車寄せにはキャデラック・セビルのほかに、四台の車が駐めてある。すべてワンボックスカーで、窓はスモークになっていた。

保養所の中に忍び込んでみることにした。

鳴海は迂回《うかい》し、建物の裏手に回った。

敷地と原生林の境は、切り通しのようになっていた。段差は三メートルもない。

鳴海は保養所の敷地内に飛び降りた。着地し、すぐに建物の外壁にへばりつく。誰かに怪しまれた様子はない。

それでも鳴海は、警戒心を緩めなかった。

建物の周囲に防犯赤外線センサーが設置されているかもしれない。鳴海は足許の小石を手早く拾い集めた。

それを投げながら、一歩ずつ横に移動しはじめる。幸運にも警報ブザーは鳴らなかった。

鳴海は勝手口に近づいた。

万能鍵を取り出し、鍵穴に差し込む。だが、なぜだか溝が金属を捉《とら》えない。特殊な錠が使われているようだ。

鳴海は諦《あきら》め、エアコンの室外機を踏み台にして二階のベランダに這い上がった。

その部屋は暗かった。鳴海はサッシ戸の隙間に万能鍵を滑り込ませ、クレセント錠を外した。

サッシ戸を浮かせながら、そっと横に払う。

何も異変は起こらなかった。

鳴海は室内に忍び込んだ。リクリエーションルームだった。三台のテレビゲーム機と卓球台があった。

鳴海は手探《てさぐ》りで隣室との仕切り壁に近寄り、盗聴器の集音マイクを押し当てた。するとイヤフォンに女たちのロシア語が響いてきた。

隣室には、少なくとも三人の女がいるようだ。揃《そろ》って声は若い。むろん、鳴海には話の内容はわからなかった。

密入国者たちだろう。

鳴海は反対側の隣室に歩《ほ》を運んだ。

さきほどと同じように、仕切り壁にコンクリート・マイクを押し当てた。と、男たちの気合が耳に届いた。ロシア語だった。

人の倒れる音や唸《うな》り声もした。何か格闘技の訓練をしているらしい。

旧ソ連の国技だったサンボだろうか。サンボは柔道やモンゴル相撲を取り入れた投げ技と関節技を主体にした格闘技で、蟹挟《かにばさ》みは必殺技だ。

ロシアン・マフィアたちは、格闘や殺人のプロ集団を日本に密入国させているのか。そして、殺人請負会社でも設立するつもりなのだろうか。考えられないことではなかった。

鳴海は仕切り壁から離れ、廊下の様子をうかがった。

階段の近くで、イリーナと栗色の髪をした大男が何か談笑していた。廊下を抜けて三階に上がるのは難しそうだ。

鳴海はベランダに出た。

手摺に片足を掛け、三階のベランダに取り付いた。体を振り子のように揺すり、反動を利用して上階のベランダによじ登る。

鉄柵を跨ぎ越え、すぐに腹這いになった。外壁に集音マイクを当てると、パソコンや高速モデムなどを使っている音が伝わってきた。

その操作音はうるさいほどだった。パソコンルームだろう。ロシア語も飛び交っている。

——ハッカーたちが軍事衛星や国際電話回線を使って、インターネットのネットワークに潜《もぐ》り込んで、国家機密や巨大企業の秘密を盗み出してるのかもしれねえな。

鳴海は胸底で呟いた。

名うてのハッカーなら、米国防総省《ペンタゴン》にも侵入できる。民間企業のコンピューターに侵入して、さまざまなデータを盗み出すことはたやすいだろう。

旧ソ連が解体されてから、東側の軍事スパイたちは産業スパイに転じたらしい。第三生命は〝赤いダイヤ〟の闇取引を通じて知り合ったロシアのマフィアと共謀して、日本に殺人請負会社と企業恐喝組織を密かに作ろうとしているのではないか。ミハイル・カリニチェンコは、マフィアのボスなのかもしれない。

急に二村の声がした。

「みなさん、ご苦労さま！　ここで二、三年働けば、一生遊んで暮らせるだけ稼げます。カリニチェンコさん、通訳してくれませんか」

「はい、わかりました」

ミハイル・カリニチェンコが日本語で言い、すぐにロシア語で喋りはじめた。通訳し終えると、拍手と歓声があがった。

「みなさん、わたしは『第三ファイナンス』の社長の沖弘幸《おきひろゆき》と申します。巨額の不良債権を抱えて苦戦してましたが、みなさんのおかげで経営が安定しそうです。ひと言お礼を申し上げたくて、陣中見舞いにうかがった次第です」

中年の男の声が日本語で挨拶した。

小太りの男かもしれない。ミハイルが、すかさず通訳した。

また、盛大な拍手が鳴り響いた。

鳴海はブラインドの隙間から何とか室内を覗き込みたかった。サッシ戸に顔を近づけると、警報のブザーがけたたまし《フケ》く鳴った。

――危《ヤバ》い！　ひとまず逃げよう。

鳴海は急いでベランダの鉄柵を乗り越え、縁《へり》にぶら下がった。二階の手摺に足を乗せ、同じ要領で下の階に降りる。

二階から裏庭に飛び降りたとき、保養所の窓が次々に開いた。ロシア語の喚《わめ》き声が重なり、懐中電灯の光が幾つも落ちてきた。

切り通しの崖を登る余裕はない。

鳴海は裏庭のすぐ横の原生林に逃げ込んだ。樹間を縫いながら、ひた走りに走った。七、八十メートル建物と直角に駆け、それから斜面を下《くだ》りはじめた。

4

戦うほかない。

鳴海は無心に蔓《つる》を糾《あざな》いつづけた。通草《あけび》の蔓だった。

原生林の中だ。

第三生命の保養所から、五、六百メートルは離れているのではないか。恵庭岳の麓《ふもと》だった。眼下に湖岸道路と暗い湖面が見える。

鳴海は左手の甲に手製のハードグローブを巻いていた。追っ手が現われたら、顔面に金属鋲《セスタス》を叩き込むつもりだ。

ようやく蔓の投げ縄ができた。

首輪を縮めてみる。滑りが悪い。

鳴海は蔓を手で何度もしごいた。しなやかになった。鳴海は輪の部分を拡《ひろ》げ、即席の投げ縄を肩に掛けた。右肩だ。

左利きだが、右手も自由に操れる。ペンも箸も、どちらの手でも持てた。

鳴海は灌木《かんぼく》の幹を手折《たお》って、手製の武器をこしらえた。

先端部分を噛み千切って、槍のように尖《とが》らせる。長さは二十センチぐらいにした。

短い槍を五本作ったとき、遠くで男たちの呼びかけ合う声がした。

ロシア語だった。追っ手にちがいない。

鳴海は手製の武器をベルトの下に差し込み、地べたに耳を当てた。

複数の足音がかすかに伝わってくる。追跡者たちは、斜面の上の方にいるようだ。

少しすると、一つの靴音が次第に高くなってきた。

――追っ手のひとりがこっちに来るな。

鳴海は立ち上がって、すぐ近くにそびえるニセアカシアの大木に走り寄った。太い枝がほぼ水平に張り出している。

鳴海は、枝までよじ登った。

蔓でこしらえた投げ縄を肩から外し、首輪の部分を大きく拡《ひろ》げる。

地上までは二メートル六、七十センチだ。投げ縄は二メートルそこそこの長さだった。

――立ってる人間の首に引っ掛けるんだ。長さは足りるだろう。

鳴海は樹幹《じゅかん》に片腕を回し、じっと獲物を待った。

数分が流れたころ、下生えを踏みしだく靴音が中腹の方から響いてきた。鳴海は息を殺して、暗がりを凝視した。

少しすると、黒っぽい服を着た赤毛の男がゆっくりと斜面を降りてきた。上背があり、胸も厚い。日本人ではなかった。

スラブ系の顔立ちだ。赤毛の男は、右手に拳銃を握りしめていた。銃身は筒状で、かなり太い。

サイレンサー・ピストルのマカロフＰｂだろう。旧ソ連時代から使われていた将校用の高性能拳銃で、銃器と消音器が一体化されている。

装弾数は八発だ。銃身は木炭色で、銃把《グリップ》には茶色の合板が貼られている。

なんとかマカロフを奪いたい。

鳴海は追っ手の動きを目でなぞった。

赤毛の男は中腰で、樹木や繁みの陰をしきりに透かして見ている。頭上に注意を払う気配は窺えない。

裏をかけた。

鳴海はほくそ笑《え》んだ。

それから間もなく、赤毛の男がニセアカシアに近づいてきた。

――立ち止まれ。立ち止まってくれや。

鳴海は密かに祈った。

祈りは通じた。男が、ほぼ真下にたたずんだ。チャンス到来だ。

すぐさま鳴海は投げ縄を落とした。

首輪は首尾よく赤毛男の首に引っ掛かった。鳴海は蔓の縄を両手で勢いよく引いた。首輪が相手の喉に喰《く》い込む。

鳴海は、なおも縄を手繰《たぐ》った。男が喉を軋《きし》ませ、全身でもがいた。

弾みで一発、暴発した。

発射音は、子供のくしゃみよりも小さかった。銃弾は針葉樹の幹に埋まった。

赤毛男の両足が地表から離れた。垂直に張った蔓の縄は、いまにも切れそうだ。男が下肢《かし》をばたつかせるたびに、鳴海はひやりとした。

やがて、男は動かなくなった。棒のように垂れ下がったまま、呻き声ひとつあげない。

右手から、サイレンサー・ピストルが零《こぼ》れ落ちた。羊歯《しだ》の上で小さく撥《は》ねたが、今度は暴発しなかった。

鳴海は用心しながら、両腕の力を緩《ゆる》めた。吊《つ》るされた赤毛男は水を吸った泥人形のように膝から崩れ、前屈《まえかが》みに地面に倒れた。

鳴海は蔓の縄を投げ落とし、ニセアカシアの巨木から滑り降りた。

真っ先に追っ手が落とした自動拳銃を拾い上げる。やはり、マカロフPbだった。

鳴海はサイレンサー・ピストルを構えながら、ゆっくりと屈んだ。そのとたん、赤毛男の下半身から便臭が立ち昇ってきた。

頸動脈に触《ふ》れてみる。肌の温《ぬく》もりはあるが、脈動は熄《や》んでいた。

――くたばっちまったか。イワンだかボリスだか知らねえけど、おめえ、ツイてねえな。

鳴海は足で赤毛男を仰向《あおむ》けにし、体を探《さぐ》った。

男は予備の弾倉《マガジン》クリップとアーミーナイフを持っていた。

両方を自分のポケットに移し、鳴海は死体を灌木の陰まで足で転がした。赤毛男のズボンの前は、漏《も》らした小便で濡れていた。

サイレンサー・ピストルが手に入れば、もう逃げ回る必要はない。

鳴海は斜面を駆け上がりはじめた。大きく迂回《うかい》しながら、保養所に近づいていく。

数百メートル行くと、鳴海は不意に後ろから組みつかれた。すぐに太い腕が首に巻きついてきた。

鳴海は体を捻《ひね》り、すぐさま手製の槍を相手の腹に突き刺した。

背後の男が呻いて、棒立ちになった。鳴海は振り向きざまに、ハードグローブを相手の顔面に叩き込んだ。

白人の男がのけ反《ぞ》り、太い樹木に頭をぶつけた。超短機関銃《スーパー・サブマシンガン》を手にしている。ヘッケラー&コッホ社のＭＰ５ＫＡ１だ。全長は三十センチもない。

男が銃口を上げた。

鳴海はマカロフの引き金を絞った。少しも迷わなかった。

放った銃弾は、相手の眉間《みけん》に命中した。湿った着弾音が響いた。

顔面は西瓜《すいか》のように砕け散った。三十前後の男は断末魔の叫びもあげなかった。

鳴海は超小型の短機関銃《サブマシンガン》を死んだ男の手から捥《も》ぎ取《と》り、敵の牙城を目指した。

ほどなく山道に出た。

川鍋が山道に立ち、原生林の中を覗き込んでいる。後ろ向きだった。

鳴海は川鍋に忍び寄り、サイレンサー・ピストルを後頭部に押し当てた。

「騒いだら、撃《ハジ》くぜ」

「お、おまえ、まだ……」

「生きてるぜ」

「お、おれをどうする気なんだ⁉」

川鍋の声は震えを帯びていた。

鳴海は川鍋を原生林の奥まで歩かせ、下草の上に腹這いにさせた。体を検《しら》べてみたが、武器は何も持っていなかった。

「あんた、その武器《ドウグ》をロシアの奴らから奪《と》ったんだな？」

「ああ、いただいた物だ。おれを追ってきた連中は、ロシアのマフィアどもだなっ」

「……」

「てめえと遊んでる時間はねえんだ！」

「連中をそんなふうに呼ぶ奴もいるようだな」

川鍋が答えた。

「組織の名は？」

「『小さな矢《ストレルカ》』だよ。ウラジオストク周辺を縄張《シマ》りにしてる組織だ」

「ミハイル・カリニチェンコがボスなんだな？」

「そうだよ」

「元ＫＧＢの工作員か何かだなっ」

「そんなことまで知ってやがるのか⁉」

「やっぱり、そうだったか。樋口が囲ってたイリーナってロシア娘は何者なんだ？」

「樋口？　イリーナだって？」

「ばっくれるんじゃねえ！」

鳴海は左手の甲で、川鍋の側頭部を殴打した。金属鋲が外耳に穴を開けた。川鍋が呻いて、体を左右に揺する。

「イリーナのことを喋ってもらおう」

「彼女は、ただの不良娘さ。ロシアの地味な暮らしに飽《あ》き飽きして、日本に稼ぎに来たんだよ」

「イリーナの部屋で、おれに麻酔弾を撃ち込んだ栗色の髪の大男の名は？」

鳴海は訊いた。

川鍋が、また黙り込んだ。鳴海はマカロフPbの銃口を川鍋の太腿に押し当て、無造作に引き金を絞った。

空薬莢《からやっきょう》が斜め後ろに飛ぶ。

川鍋が左の太腿に手を当て、転げ回った。鳴海は川鍋の脇腹を蹴り、ふたたび俯《うつぶ》せにさせた。

「あの男は、ニコライ・ブハーリンだよ。ニコライはミハイルさんの用心棒なんだ。あいつは元警官で、ロシアでは外国人相手の売春婦たちの管理をしてたらしい」

「おれがイリーナのマンションで意識を失ってる間に、日本刀《ポントウ》で樋口をめった斬りにしたのは、てめえなのかっ」

「ち、違う。おれじゃねえよ。おれはニコライに日本刀を貸してやっただけだ。嘘じゃねえ」

「ま、いいさ。てめえは樋口に頼まれて、ロシアで密漁された蟹を洋上取引で大量に買い付けたり、ロシア人の密航の手引きをしてたなっ」

「ああ。すべて樋口社長に頼まれてやったことだよ」

「樋口は『第三ファイナンス』の負債を棒引きにしてもらうって条件で、裏ビジネスに手を染めたんだろっ」

「そのあたりのことは、よくわからねえんだ」

「肝心なとこは、とぼけようって魂胆《こんたん》か。気に入らねえな」

鳴海は毒づき、川鍋の右の太腿に銃弾を撃ち込んだ。弾は貫通し、土の中にめり込んだ。

川鍋が、また、のたうち回りはじめた。

「いつまでも粘《ねば》る気なら、頭《ペテン》を吹っ飛ばすことになるぜ」

「多分、そうなんだと思うよ」

「ニコライに樋口を始末させたのは、誰なんだっ。『第三ファイナンス』の沖って社長か、第三生命の二村なのか。それとも、第三生命の針貝専務が直《じか》にミハイル・カリ

「樋口社長に殺しの依頼をしたのかい？」

「樋口社長を消してくれってミハイルさんに頼んだのは、二村さんだよ。二村さんはメッセンジャーで、ほんとの依頼人は……」

「どっちなんだっ」

「『第三ファイナンス』の沖社長だろうな。沖さんは樋口社長にダーティー・ビジネスをやらせて、焦げ付きの穴を埋めようとしたわけだから」

「てめえは樋口を裏切ったわけだな？」

「樋口社長とは十年来のつき合いだったんだが、あの旦那、金にセコいところがあってな。ううっ、痛《いて》え。くそーっ」

「話をつづけろ！」

「わかったよ。おれにさんざん危ない橋を渡らせて、儲けの九割を自分で取って、沖社長にはその半分しか渡してなかったんだ。それに、加盟店オーナーの八木正則って奴に裏ビジネスのことを嗅ぎつけられたみてえだったから」

「四谷の歩道橋の階段から八木を転落させたのは、樋口なのかっ」

「いや、それは……」

「てめえなんだな！」

鳴海は語気を強めた。

「樋口社長に泣きつかれて、おれが八木って奴の首にゴム弾を当てたんだ。その衝撃で、八木は階段から転げ落ちたんだよ」

「やっぱり、そうだったのか。四谷署の平沼刑事を轢き殺したのも、てめえなのかっ」

「それは、おれの犯行《ヤマ》じゃねえ。おそらく二村さんが誰か殺し屋《プロ》に頼んだんだろうな」

「てめえは、『第三ファイナンス』や第三生命に寝返って、ロシアン・マフィアどもを日本に招いたんだなっ」

「ま、そういうことになるな」

川鍋が言って、高く低く唸りはじめた。

「第三生命の針貝専務が黒幕なんだなっ」

「ああ、そうだよ。沖さんの話だと、針貝専務が他の役員たちの反対を押し切って、子会社の『第三ファイナンス』を設立させたらしいんだ。それで針貝専務は腹心の部下だった沖さんを子会社の社長にしたんだよ」

「景気が悪くなって、『第三ファイナンス』は巨額の不良債権を抱え込むことになった。何か手を打たねえと、子会社は倒産に追い込まれ、親会社の針貝専務も進退伺《しんたいうかが》いを出さなきゃならなくなる。そこで針貝と沖はミハイル・カリニチェンコと手を組んで、本格的にダーティー・ビジネスに乗り出す気になった。そうなんだな？」

鳴海は後の言葉を引き取った。

「そ、そうだよ」

「針貝たちは、ロシアのコンピューター・エキスパートたちを使って、政府機関や巨大企業の機密や不正を探《さぐ》らせて、恐喝したり、情報を売ったりしてるんだな？」

「その通りだよ」

「それから、殺人請負会社も興《おこ》す気なんだろう？」

「ああ。でも、そっちはミハイルさんが受け持つことになってんだ」

「保養所には、何人のロシア人がいるんだ？」

「全部で四十人ほどだよ」

「そうかい。八木は、樋口の弱みをどこまで握ったんだ？」

「おれと樋口社長が密談してるとこを盗聴されて、録音されたようなんだ。けど、密談テープはどこにもなかった。二村さんが八木の女房に罠を掛けて探りを入れてみたんだが、かみさんは何も預かってなかった。二村さん、とんだ無駄骨を折ったと嘆いてたよ」

「そうかい。二村は出世欲から、針貝や沖の使い走りをしてるんだな？」

「だと思うよ。おれは何もかも自白《ウタ》ったんだ。もう撃《ハジ》かねえよな？」

川鍋が呻きながら、弱々しい声で訊いた。

「だいぶ痛みが強くなったみてえだな？」

「痛くて気が遠くなりそうだ」

「なら、楽にしてやろう」

「お、おれを殺す気なのか⁉」

「そういうことだ。八木ちゃんは、おれの親友《マブダチ》だったんだよ。それに、ちょっとした借りもあるんでな。くたばれ！」

鳴海は少し退《さ》がり、マカロフＰｂの残弾をすべて川鍋の頭部に撃ち込んだ。

血の塊や肉片が飛び散った。脳味噌も舞う。

鳴海は空になった弾倉を足許に落とし、予備のマガジンクリップをサイレンサー・ピストルの銃把に叩き込んだ。

右手に超小型短機関銃、左手にマカロフを握って山道に躍《おど》り出た。

そのとき、暗がりから二つの人影が飛び出してきた。ひとりは、栗色の髪をした大男だった。ニコライ・ブハーリンだ。

鳴海はサイレンサー・ピストルの引き金を四度絞った。

二人の敵は相前後して倒れた。

鳴海は山道を駆け上がりはじめた。パジェロに近づいたとき、原生林の中からロシア人の追っ手が現われた。

鳴海は走りながら、連射した。

三発目で、敵が倒れた。鳴海はサイレンサー・ピストルの指紋を拭って、林の中に投げ込んだ。すぐにレンタカーに駆け寄る。

鳴海はパジェロに乗り込み、車首を麓に向けた。

保養所の前まで一気に下《くだ》り、超小型の短機関銃を握って車を降りた。鳴海は車寄せの近くまで走り、MP5KA1でファンニングした。

四台のワンボックスカーの車体に穴が開き、一台が爆発炎上した。

鳴海はパジェロに駆け戻り、慌ただしく発進させた。湖岸道路をしばらく走ってから、車を路肩《ろかた》に寄せる。

鳴海は携帯電話で一一〇番通報し、超小型の短機関銃の指紋も拭った。超小型短機関銃を窓から投げ捨て、レンタカーで新千歳空港に向かう。

最終便を待たなくても、キャンセル席はあるだろう。

鳴海はアクセルを踏み込んだ。

空港に着いたのは、およそ三十分後だった。レンタカーは道内のどこに乗り捨ててもいいことになっていた。

鳴海は空港ターミナルビルの駐車場にパジェロを駐め、搭乗カウンターに走った。

幸運にも二十数分後に離陸予定の便に空席があった。鳴海は、その便で帰京した。

羽田に到着したのは、十一時前だった。

鳴海は羽田空港から、タクシーで天現寺のマンションに戻った。

部屋のドアはロックされていなかった。玄関に入ると、室内が乱れていた。

鳴海は禍々《まがまが》しい予感を覚えながら、智奈美の名を呼んだ。

返事はなかった。

鳴海は部屋の中を走り回った。智奈美は、どこにもいなかった。

敵に連れ去られたにちがいない。

鳴海は歯嚙《はが》みした。

そのすぐ後、上着の内ポケットで携帯電話が鳴った。携帯電話を耳に当てると、落ち着きのある男の声が響いてきた。

「鳴海一行君だな？　第三生命の針貝だ」

「あんたが、なんでこの携帯のナンバーを知ってるんだ⁉」

「きみの友達は欲深《よくぶか》だね」

「まさか麦さんが……」

「そのまさかだよ。麦倉という男は、きみの隠れ家を教えるから、一千万の情報料を出してくれないかとわざわざ会社に電話をしてきたんだ」

「信じられねえ」

鳴海は呻いた。

「そうだろうな。ところで、八木智奈美を預かってる。きみといろいろ相談したいと思ってね、ちょっと乱暴な招待の仕方をさせてもらったんだ」

「彼女は無事なんだなっ」

「ああ。少し怯《おび》えてるが、元気は元気だよ」

「どこに行けばいいんだ?」

「いま、真鶴《まなづる》の別荘に来てる。これから来てもらえないかね?」

針貝が別荘のある場所を詳しく喋った。

「わかった。すぐ行く。智奈美に指一本でも触れたら、あんたを殺すぜ」

「わたしは、女性を悲しませるようなことはしないよ」

「待ってやがれ」

鳴海は電話を切ると、部屋を飛び出した。

天現寺交差点でタクシーを拾う。行き先を告げると、初老の運転手はにわかに愛想がよくなった。

この不況下では、めったに長距離の客に恵まれないのだろう。

「考えごとをしてえんだ。少し黙っててくれねえか」

鳴海はうっとうしくなって、運転手に言った。運転手は口を閉じ、運転に専念しはじめた。

真鶴に着いたのは、一時間数十分後だった。

針貝の白い別荘は、真鶴漁港を見下ろす高台に建っていた。南欧風の洋館だった。崖の下は相模湾だ。

鳴海は別荘の少し手前でタクシーを降りた。

タクシーが走り去ってから、針貝の別荘に忍び寄る。

敷地は百五十坪ほどで、雛壇《ひなだん》になっていた。

両隣も別荘で、人気《ひとけ》はなかった。

鳴海は姿勢を低くして、石段を上がった。白い垣根の隙間から、西洋芝の植わった広い庭を覗く。

ガーデン・チェアセットを庭園灯が淡く照らしているだけで、動く人影はない。鳴海は垣根を乗り越え、洋館の裏側に回った。

海側に勝手口があった。

鳴海は万能鍵を使って、ロックを解《と》いた。

キッチンに入ると、血臭が鼻腔《びこう》を撲《う》った。それは浴室の方から漂ってくる。

鳴海は、キッチンの向こう側にある浴室に足を向けた。

脱衣室の前には、帯状の血痕があった。まだ生乾きだった。洗面台の下には、小型のエンジン・チェーンソーが置いてある。

浴室内を見て、鳴海は叫びそうになった。浴槽の中には、智奈美の死体が入っていた。

座棺に納められたような恰好《かっこう》だった。心臓部を撃ち抜かれていた。白い長袖ブラウスは半分近く鮮血に染まっている。

洗い場のタイルの上に転がっているのは、麦倉の血みどろの死体だった。頭部と腹部を撃たれていた。

どちらも、まだ血糊は凝固していない。殺されて間がないようだ。

――銭でおれを売った麦倉は殺《や》られて当然だが、なんの罪もねえ智奈美まで始末しやがって。赦《ゆる》せねえ！

鳴海は両手の拳《こぶし》をぶるぶると震わせ、血痕を逆にたどりはじめた。

それは一階の大広間《サロン》まで、延々と繋がっていた。鳴海は玄関ホールの床にわざとライターを落とし、大広間のドアの横に身を隠した。

すぐにマカロフPbを握った針貝が大広間から飛び出してきた。

鳴海はサイレンサー・ピストルを捥《も》ぎ取り、針貝の顔面に右のショートフックを浴びせた。

針貝は玄関ホールの壁にぶつかり、その反動で床に倒れた。鳴海は無言で、針貝の腹と太腿に銃弾を見舞った。

「やめろ、撃たないでくれ」

「腐った野郎だっ」

「きみには、ちゃんと口止め料をやる。五千万でも、六千万円でも用意するよ。だから、殺さないでくれーっ」

針貝が肘《ひじ》で上体を支え起こし、泣きそうな顔で命乞いした。

鳴海は唾《つば》を吐きかけ、針貝の肩口を銃弾で砕いた。

針貝が泣き喚《わめ》きはじめた。

醜悪だった。神経を逆撫《さかな》でした。

不意に頭の奥で、サックスの荒々しい音色が響きはじめた。アルバート・アイラーの例の旋律だ。

——殺《や》っちまえ、殺っちまえよ。

どのフレーズも、そう囁《ささや》いているように聞こえた。殺しのＢＧＭは、頭の中で一段と高くなった。

針貝をあっさり殺したら、後悔することになりそうだ。八木や智奈美は、それでは成仏《じょうぶつ》できないだろう。

鳴海はサイレンサー・ピストルをベルトの下に突っ込み、脱衣室に駆け込んだ。

チェーンソーを抱え上げ、玄関ホールに取って返す。

「そ、それで、わたしの体を切断するつもりなのか⁉」
針貝が這って逃げはじめた。
鳴海はチェーンソーのエンジンを始動させた。鋸歯《きょし》が振動しはじめた。
首を刎《は》ね落とすまで、たっぷり殺しの快感を味わってやろう。
鳴海は舌嘗《したな》めずりし、血みどろの獲物を追った。
全身が興奮で火のように熱かった。

本書は二〇〇四年十月に桃園書房より刊行された『番犬稼業・罠道』を改題し、大幅に加筆・修正しました。

文芸社文庫

番犬

二〇一四年十月十五日　初版第一刷発行

著　者　南英男
発行者　瓜谷綱延
発行所　株式会社　文芸社
〒一六〇-〇〇二二
東京都新宿区新宿一-一〇-一
電話　〇三-五三六九-三〇六〇（編集）
〇三-五三六九-二二九九（販売）
印刷所　図書印刷株式会社
装幀者　三村淳

ISBN978-4-286-15860-0